藤脇邦夫

Fujiwaki Kunio

断裁処分

ブックマン社

「断裁処分」

書店で売れなくなって、出版社に返品された本や雑誌を再度流通しないように、廃棄処分扱いにすること。

断裁処分　目次

プロローグ　自主廃業……9
第一章　失速の構造……21
第二章　受賞パーティー……31
第三章　出版の将来……41
第四章　作家の生態……51
第五章　衰亡の行方……59
第六章　無意味な会話……67
第七章　経費節減……75
第八章　100万部プロジェクト……85

第九章　出版の適性……93
第十章　策謀……105
第十一章　裏工作……113
第十二章　情報交換……121
第十三章　様々な局面……131
第十四章　書店の矜持……143
第十五章　版権買収……153
第十六章　意識転換……161
第十七章　販売の職人……169
第十八章　出版経営の内実……175
第十九章　悪意の交換……187

第二十章　選考会……197
第二十一章　俗物見本……207
第二十二章　出版の本質……217
第二十三章　倒産の回路……227
第二十四章　ある提案……237
第二十五章　文壇バー……245
第二十六章　負の執念……253
第二十七章　業界事情……263
第二十八章　再提案……271
第二十九章　リストラ案……279
第三十章　不信感……287

第三十一章　もう一つの案件……301
第三十二章　失地回復……311
第三十三章　猶予期間……319
第三十四章　新展開……327
第三十五章　顚末……335
エピローグ　再生……347

主な登場人物

藤崎　五〇歳　中堅出版〈有限書房〉営業部長
細井　四八歳　大手書店チェーン〈勉強堂〉販売部長
門脇　五〇歳　大手出版社〈集談社〉『文芸界』編集長
大堂　五〇歳　大手取次〈全販〉特販部長
江田　四九歳　大手取次〈東京屋〉書籍仕入部長
森尾　四八歳　作家
幸田　四五歳　大手新聞社〈毎朝新聞〉文化部記者 文芸欄担当
加藤　五〇歳　評論家
飯田　六二歳　公募小説常連投稿者
下村　七八歳　中堅書店チェーン〈書塔〉社長
加治木　四八歳　広告代理店〈電報堂〉企画開発第一課
松田　五九歳　〈紀之川社〉編集企画部長
田中　七〇歳　〈有限書房〉社長
鈴木　七〇歳　〈紀之川社〉社長
石原　四九歳　〈新英社〉三代目社長

稲田　七〇歳　〈全日本印刷〉社長
佐藤　七一歳　〈法律経済社〉社長
桜井　六〇歳　中堅出版社〈恒栄舎〉取締役編集長
棚田　四八歳　広告代理店出身〈文壇冬夏〉編集総務　直川賞担当
佐賀　六〇歳　文芸評論家（桜井の友人）
森口　五五歳　書店〈書塔〉店長
草野　七〇歳　〈新日本製紙〉社長
井上　五〇歳　大手出版社〈集談社〉四代目社長
城所　七三歳　〈集談社〉編集総務　担当常務（通称「役員」）
大山　四五歳　〈ワールド・エージェンシー〉営業担当
加賀山　五五歳　出版業界紙〈新出版通信〉編集長
真崎　七五歳　広告代理店のフィクサー　元外信部長

この物語はすべてフィクションです。実在の人物や団体とは一切関係ありません。

プロローグ

自主廃業

まだ冬の残りのある、２０１６年2月が始まった最初の月曜日、そのニュースを藤崎が知ったのは、出社してすぐパソコンで業界ニュースを見ていた時だった。

サイトを見ていたのは午前7時、始業時間の9時まではまだ二時間あるが、この習慣が身についたのは営業部長になってからだった。中央線沿線の郊外の自宅を出るのは5時半、始発から二番目の電車でも座れないことが多くなったのはここ二〜三年で、乗客のほとんどが藤崎より上の年齢なのは間違いなかった。しかも、座席で起きている者は一人もなく、すべて寝入っているか、立っている者はほとんどスマートフォンをいじっている。新聞や本を読んでいる人間を見かけることがほとんどなくなったのも、ここ二〜三年のことだろうか。

この時間の電車に乗るには、藤崎の起床時間は4時半になるが、その分早く寝るようになったのでさほど苦痛でもない。早く会社に着いて仕事し始めても、それだけ早く退社するわけだから、社内での実働時間は以前と同様の九〜一〇時間で、それほど変わりはなかった。何よりも朝の始業までの二時間は、電話もなく誰もいないので、昼間の三〜四時間に匹敵する。こんな毎日を送るようになったのは五年前からだが、車窓を見るたびに、六〇代のようなほぼ白髪となった、とても五〇歳とは思えない疲れた顔の自分がいる。

出版業界が夜型というのはずいぶん前の話で、編集でも朝型に変わりつつある現在、営業にしてみれば効率よく一日の時間を使うには、自然にこういった時間の使い方になったのが本音だった。取次《とりつぎ》が9時から始業している以上、それに合わせて、早い時は9時半から商談、または書籍見本に行くのはもはや業界の常識になっていた。

そんな、いつもの朝7時に業界新聞サイトのニュースで見つけたのが、この知らせだった。

〈中堅取次、細洋《さいよう》社が自主廃業、決定！〉

またか、と藤崎が考え込んだのは無理もないことだった。

昨年秋の、桃田《ももた》の経営破綻からまだ半年も経っていない。誰かに詳細を聞いてみるかと思ったが、この時間に会社に来ているのは自分以外にはいないだろうと、二、三の知り合いにメールしてみたら、どういうわけか、すぐ返信メールが来た。一人は会社のパソコンから、もう一人は携帯メールだったが、いずれにしても二人とも既に仕事に入っていたということになる。

その一人は、大手取次の一つ、〈全販《ぜんぱん》〉の大堂《だいどう》からだった。

「細洋社の自主廃業のニュース、もうネットに出ているのか。しかし、うんざりするな。昨年桃田の件があったばかりじゃないか。出版社と書店の間にある取次が次々と破綻するのは業界自体の今後を暗示しているように思わないか。これから説明会があるとは思うが、どうなることか。ウチだって安泰じゃないけどな。近々、新年会がてら、細井《ほそい》も入れて情報交換で会わないか。時間は追って連絡する」

大学の同期が同じ業界にいるのは珍しくないが、よりによって出版社と取次にいるとは皮肉なことだった。大手取次、全販の特販部長の大堂でもやはり他人事じゃないだろうと思っていたところに、もう一人の細井から返信メールが届いた。

細井は大手全国書店チェーン〈勉強堂《べんきょうどう》〉の販売部長だが、大堂の妹と結婚してからは、藤崎とも大堂との関係から付き合いができて、何となく仕事関連も含めて会うようになった。気が合うことはもちろんだが、藤崎の仕事の立場から考えても、大手書店チェーンの販売部長である細井との付き合いは、配本、注文等で信じがたいほどの恩恵があり、むしろすり寄っていったと言ってもいいくらいだった。実際、藤崎が部長になれたのはこの大手チェーンでの売上増が大きく関与したからだというのは社内では誰でも知っていることだった。こういったコネは誰にでもあるわけではなく、利用するのは当然で、藤崎自身、自分の運に感謝していても不思議はなかった。

その細井からのメールは次のような短いものだった。

「細洋社の件、自社とは帳合が違いますが、取次が連続して破綻するのは何か理由があると思います。近々、大堂さんも交えて、お会いできませんか」

やはり三人で会うことになりそうだと思っていると、9時近くになったのか、二〜三の社員が出社してきた。9時10分から朝のミーティングがあり、その後すぐ、取次に行かなければならない。10時のアポに遅れるわけにいかないのはもちろんで、さっき連絡した二人に、「今週、19時～であればいつでもOKなので、都合のいい日を連絡願います」と返信メールを打つ時間しか残っていなかった。

10時に藤崎が取次に行くと、やはりその話題で持ちきりだった。

藤崎は今の会社〈有限書房《ゆうげんしょぼう》〉に入社以来、四半世紀以上取次に通っているが、この取次というところは、考えれば考えるほど不思議な場所で、出版業界以外の人間にこの業種の特異性を伝えるのはちょっと難しいだろう。

一般的には、「販売会社」というジャンルになるのだろうが、これが本の集金と精算、配送を兼ねているとは、業界に入るまでは全く知らない、ほとんど未知の世界だった。「再販制度」という言葉すら就職まで知らずにいた。

藤崎は格別、出版社志望だったわけではなく、たまたま受かった会社の一つが出版社だったに過ぎない。その出版社に入社を決めたのは、大学同期の大堂がその販売会社に入社したことが遠因としてあったのかもしれない。

そのとき、大堂と交わした会話を藤崎は今でもよく覚えている。

「その出版関連の販売会社とは一体何なんだ」

「出版社が作った本と雑誌を書店に届ける販売の会社で、業界では取次と言われている」

「トリツギって?」

「言葉通りの意味だ。出版社と書店の間を取り次ぐってことらしい」

「何だ、そりゃ」

こんな会話を交わしていたのだから、牧歌的というか、まだのんびりした時代だった。世の中では『ノルウェイの森』という小説が新しい文学として話題になり、同級生たちは赤と緑の表紙の本をこぞって読んでいた。藤崎も当然買いに走ったが、何が面白いかと言われるとよくわからない。

出版業界では、以前より取次は販売会社としては完成していると言われているが、大体、〈東京屋《とうきょうや》〉と〈全販〉の二大取次による独占状態になっていて、シェアのほぼ八割近くを占めているのは、他業種から見ると異様と映ってもおかしくない。独占禁止法適用じゃないのかと言われることもあるくらいだったが、戦後、大手出版社が株主として、この二大取次の資金面のバックアップをしたのは周知の事実で、大手出版社と大手取次の蜜月状態は永遠に続くと思われていた。だが、販売業として完成してはいても、逆に硬直化していると言われて、どのくらい経つのだろうか。

1970年前後になんとか一兆円台になった出版業界の売上を、さらに倍近くに押し上げたのは「漫画雑誌」と「コミックス」（注：「コミック」とは、漫画を掲載した「雑誌」のことで、正式にはコミック誌と呼ぶ。「コミックス」とは、コミック誌に連載された漫画を単行本化したもののこと）の驚異的な普及と売上で、その上昇傾向は70年代を席巻した後、80年代に入っても勢いに衰えは全く見えなかった。

　永遠に無限増殖していくかと思われた売上にさらに拍車をかけ、支えたのは80年中頃から進出し始めていたCVS《コンビニエンスストア》での雑誌の扱いだった。最初はスポーツ新聞、競馬新聞の販路延長くらいにしか考えられていなかったところに、ある若者週刊誌とグラビア雑誌を試験的に配本したところ、関東、関西の都市部を中心に意外に健闘し、配本の半分が売れた。都市部の生活時間帯が既に深夜中心になっていたこともその理由として挙げられていたが、さらにそこへ漫画雑誌を、少年向けから青年劇画誌まで入れてみると、あっという間に定着した。男性向けの配本傾向が強く、麻雀漫画誌までも入るようになり、これでいわゆる青年漫画誌はキヨスクなどの駅売りに続いて、おしなべてCVS販売に軸足を移していくことになる。アダルト雑誌そのものはこの時期はまだ無理だったが、ギャンブル色の強い、パチンコ、パチスロ雑誌の大きな販路となった瞬間、出版物の売上も全体で二兆円を軽く超えて安定し、まさに、88～89年のバブル期からその後90年代一杯までは、出版業界も絶頂期を迎えていた。

　そして、2000年に遂にネット書店〈スワンプ〉がアメリカから上陸すると、出版業界の販路はさらに大きな変化に直面する。

　CVSは雑誌の売上を押し上げたが、スワンプ等のネット販売は書籍の販売体制を大きく変えてしまう。スワンプのオープン初日に記者会見を行った、創業者でCEOのアメリカ人は、「スワンプは世界二〇〇ヵ国に二五〇〇万人のユーザーを持つ最大のオンライン書店であり、日本最大のネット書店になる」と断言した。

それまで書籍の販路はほとんど書店だけだったから、出版の販売拠点が大きく地殻変動していくことを予測させるものだった。

あれから既に十五年、書店以外の最大販路であるネット書店が拡散しながら拡大していき、引き返すにはあまりにも遠い、後戻りのできないところにまでこの業界は来てしまっていた。

そんなときに起こったのが、出版不況を象徴する急激な出版物の売上鈍化と、その直撃による中堅取次の相次ぐ経営破綻だった。

*

細井と大堂との会合は結局、その週の木曜日となった。場所は、いつもの新宿の店では出版関係者が多いだろうということで、藤崎の通勤の乗換駅そばの居酒屋で集まることになった。おざなりの乾杯が終わった後、口火を切ったのは細井だった。

「しかし、それにしてもですよ。桃田に続いて細洋社までコケるというのはどういうことなんでしょうか。もう、取次には将来性がないということですかね」

そのまま話を継いだのは藤崎で、

「取次というより、この業界全体が、ということだろうな」

「そう。つまり、俺がいる全販だって無関係じゃない。どこの取次もそういう状況になる可能性があるということだ」

東京屋を抜いて、業界トップと言われている全販の大堂の発言は言葉以上の重みがあった。ここに集まった三人は既にある程度、出版業界の未来像を察知しているのかもしれない。二兆五〇〇〇億円近くあった業界全体の売上が前年比を割り出したのは1996年頃からで、以後、そのまま下落が続いて二十年近くにもなる。金額的にも、2005年から減り続け、あと一～二年で一兆五〇〇〇億円を切る規模にまでなるというのが大方の予測で、実に十年で一兆円の売上が消失してしまったことになる。

「それと、取次が経営破綻するたびに、在庫分の金額が焦げつくわけでしょう。出版社の方も大丈夫なんですかね」

と細井が話しかけると、藤崎は顔をしかめた。

「大丈夫なわけがないでしょう。配本していた分が返品にもならないで、その金額自体、未回収になって、そのまま欠損分として計上される。出版社にとっては赤字そのものになるわけだから、泣きっ面に蜂ですよ」

今度は大堂が、取次の特販部長らしく続ける。

「文庫、新書、コミックスを持っている中堅の版元が、今回一番損失が大きいと思うな。

売上減と赤字がまとめて来るわけだから、資金繰りが一度でもショートすると危ない。二回不渡りを出すと、即、倒産だからな」

「そうなると、全販だって、焦げつきが出ることになるわけだ」

「もちろんそうだ。取次にとっては、出版社の倒産も書店の廃業も、どちらも頭の痛いことに違いはない。というか、依然として、取次は出版社と書店の間にあるわけだから、どちらかが破綻すれば影響があるに決まっている」

「取次が最初に二社破綻したということは、次は書店と出版社ですか」

「書店は廃業の一途だから、全国で一万五〇〇〇軒を切るのはもう時間の問題だ。現に都内に一〇店舗ある〈創林堂書店〉は今回の細洋社の煽りを受けて倒産するかもしれないという話だ。だが、もっと問題なのは出版社だろうな」

「というと?」

「書店が破綻した場合は、以前にもあったように、欠損も含めてたとえば取次がまた買収するとかの方法がないわけじゃない。だが、出版社が破綻した場合は、取次が間接的にも支援することは、まずない」

「そうだろうな、取次主導で売れる本ができるのなら世話はない。そんな芸当が可能なら、とっくの昔に仕掛けているよ」

「そこなんだ、問題は。この件については、全販社内でも一時、プロジェクトチームを立ち上げて検討してみたが、出版社の編集担当的な人間が取次にいるわけじゃないから、あくまでも販売の側の意見しか出ないんだな。当然と言えば当然だが」

「しかし、このままの状況が続けば、取次、書店の方が出版社より先に破綻してしまう。その前に何か打つ手があるのかということになるが……」

「結局は黒船スワンプに、十五年かけて侵食されたということか」

そこまで話しているうちに、結論が出ないまま、その日の集まりはお開きになった。何を言っても打開策のない、重苦しい雰囲気がその場を支配していたと言えばいいだろうか。

「まあ、今年もよろしく」という別れの挨拶すらどこか空々しい。

この面子でもう一度集まることがあるかどうか、それは取次、書店、出版社のいずれかがまた破綻したときだろうと、酔えなかった頭で三人とも同じことを考えていた。

＊

三人で会った次の週、藤崎は会社の定例会議に出席していた。

この他に、会社のほぼ全員が集まる全体会議、藤崎の所属部署である営業会議があるが、その前に開催されるのが、この会社内の主な部署の部長クラスが集まり、それぞれの業績予想と今後の刊行予定を話し合う定例会議で、いずれも毎月一度、中旬に設定されていた。

会議で各部署の報告を聞きながら、藤崎は自分がこの業界に入った頃のことを思い出していた。

第一章

失速の構造

そういえば、自分はどうしてこの会社、有限書房に入ったのか。

藤崎はおぼろげな記憶を辿っていた。確かに物心ついたときから本に興味がないわけではなかったが、それ以前に、そもそも出版にそんなにこだわりがあったのか。

面接のときに、面接官からこう言われたことがあった。

「君の好きな本は何ですか、小説でも何でもいいので一冊挙げてください」

答えに窮したのを覚えている。あまりマニアックな答えも、ミーハーな返答も求められていない気がした。同級生が『ノルウェイの森』と答えたから俺は出版社を落ちたんだ、と言っていた。となると、この質問にはどう答えればいいのか。

迷った挙句、「夏目漱石です」と言って笑ってしまう自分が、情けなかった記憶がある。西村京太郎でも良かったのか。それとも石原慎太郎か。いや、そんなことを言っていたら、今ここに座って各部署の報告を聞いていることはなかっただろう。

この出版社、有限書房については学生課の応募先の一つとしての知識くらいしかなかった。今と違って、インターネットで調べることもできない時代で、もう少し出版社等に知識があれば、まずこんな会社には応募しなかっただろう。実用書専門の出版社、くらいの知識で、他に同時に受けた一般メーカーとの差を考えることもなかった。当時は出版についてはそのくらいの認識だった藤崎が、この出版社に入ることになったのは、やはり同級生の大堂の存在が大きかったと考えていた。そもそもこの会社のことを聞いたのも大堂からだった。

　この有限書房という出版社は、２０１６年現在、社員数五十人あまり。実用書からスタートした会社だが、書籍で売れ行きの良いジャンルに特化してその専門雑誌を出し始めると、これがそこそこ当たった。そこから出版社としてはある程度、業績が安定するようになり、既に二十年以上が経っていた。この会社から出ている趣味の雑誌――占い専門誌、投稿情報誌、懸賞雑誌等は、学生時代、このジャンルに疎かった藤崎でも書店で見たことがあった。

「一見地味なようだが、こういう雑誌には一旦定着すると大きな波がない。つまり、飛躍的に部数が上がることがない代わりに、大きな落ち込みもない。部数もそれほど大きくない分、安定しているというわけだ。こういう会社の方が出版では意外に固く、長持ちするそうだ」

　訳知り顔でそう話す大堂の提案も参考にして、この会社に入ったわけだが、そのときの大堂の見解は、半分は当たっていたが、半分は外れていたと言うべきだろう。今となっては、もっとハッキリしていることで、派手ではない代わりに確かに堅調ではあったが、この会社では、編集、営業いずれの業務も、何の変化もない、同じルーティーンワークの繰り返しで、それに飽き足らない者は、会社の待遇云々以前に、自然と辞めていった。そして営業で今、藤崎と同期入社の人間は一人もいなくなってしまった。

藤崎がこの業界の将来性について考え出したのはここ五年くらいだった。売れ行きが鈍化して下降するだけの業界に残された道は、現状を維持することだけで、これは別に藤崎に限らず業界の誰もが考えていたことだった。

リストラにも限界があり、書店、取次同様、廃業する出版社も最近では珍しくない。一部の大手を除いて、基本的に中小企業体質である出版社は、売上よりも社員数で業績がすぐわかると言われるが、あながち的外れの意見でもなかった。少人数の規模と少額の資本で始めることができるのが出版社だったわけだが、中小企業とは言え、その経営規模はあまりにも脆弱だった。

もともと収益、利益追求に限界のある業種で、入金のほとんどを取次に委任している以上、本の売れ行きによって、委託、注文による入金の増減の波が激しく、一定の採算ラインが読み取れない、安定さが皆無の業種の一つと言ってよかった。書籍という単品の商品を、不特定多数に向けて作っている以上、避けて通れないマイナス要素が多過ぎると言えばいいだろうか。

だからなのか、一度安定すると大きく崩れない雑誌刊行に出版傾向が移り、ある程度の規模の出版社であれば部数の大小に拘わらず、雑誌ジャンルに注力するのは無理のないことだった。その分、売れ行き不振で〈三号雑誌〉、つまり創刊からたった三号で廃刊になるような雑誌を抱えてしまった場合は、出版社自体もすぐに経営不振になる点もきわめて中小企業的で、その体質をよく表していた。大体、出版社で住宅ローンを組めるのは一〇社程度と言われているくらいで、もともと中小企業がほとんどの業界だから、金がほしいのだったら、他の業界に行った方がいい、たとえば広告代理店とか。しかしそんな業界であっても、80年代後半からのバブル期には、漫画の驚異的な売上で絶頂期を迎えていたときもあったが、それから一体何年が経ったのだろう。

まず、株式上場している出版社がほとんど存在しないのも、その証拠の一つとも言える。大体、取次自体が上場していないのだから、出版社が上場できるわけがないというのも、そんなに暴論ではなかった。上場している出版社には、受験産業等の他業種の関連、系列会社としての出版社が多いのは当然とも言え、さらに、大手出版社のほとんどが非上場なのも、この業界の特殊性を物語っていた。自社で工場を持たずに、外部の印刷所に委託してモノ（本）を生産し、販売会社を通して書店で販売するというシステムが示すように、この出版産業は他の業界から見れば、最初からかなりの異種業だったわけだ。そうであっても、そんなに法外な資本金が最初から必要なわけではなく、小資本でも始めることが可能で、小さいながらも何らかのメディアを持つことができるのは、放送等の認可事業とは違った意味での一番の利点だったと言っていい。

だが、経営面から言えば、書籍より雑誌を収益の中心にして、その路線を取らざるを得ない経営事情がある以上、中小出版社の基本は雑誌刊行中心というのはむしろ本音と言ってもいいもので、その典型的な例が有限書房だった。

＊

藤崎は本自体の商品性についても考えることが多くなっていた。要するに、本の商品性は、一体どこに求めるべきなのかということだ。

最近一番気に障るのは、ネットサイトの「～誌読み放題」という代物で、特集記事だけを安価でバラ売りする雑誌も増えてきた。これが普及すればするほど、従来の雑誌そのものがそれだけ売れ行きを落としていくことは自明の理で、配本する取次、販売する書店の売上もそれに比例して同時に落ちていくのは誰でもわかることだ。だが、これを業界の危機としているのは、実は書店と取次で、当の出版社は逆に間接的に売上を違う形で補完され維持できているというのだから、この業界はわからない。どこかおかしいのではないかと思うのは、実は藤崎の世代が最後なのかもしれなかった。パソコンの画面で記事をDTP制作している限り、その配布方法として従来の印刷、製本して配本する方法以外に、もう一点ネットで販売する方法が加わったに過ぎない。雑誌の配本部数が落ちていても、その分、ネット販売のアクセスが増えていればの話だが、出版社としては、最終的に総合返品率（?）が減少することになるのが、最大の皮肉である。二～三年前から、そうして作成された記事を印刷された形で読むのと、ネット画面上で読むのに、概念上、何ら差異はないと頭ではわかっていても、何か釈然としない部分があると思うのは自分だけなのか。

　変な比較だが、最初からインターネット上で流通している小説的なものがあるのはそれほど気にならない。電子書籍を先行し、後で印刷されて紙の本という形になっても、だ。藤崎がこだわっているのは、同時発売という選択肢のことで、本がネットと同時発売、同時配信という形になっていること自体に違和感がある。同時になればなるほど、紙の本の優位性が、さらにその商品性も希薄になり、出版の本質が根本的な形で失われてしまうことになると言えばいいだろうか。

　だが、本のソフト部分の本質が、紙から電子に移っていくことは広く業界的に見ると、必ずしもマイナス面ばかりではない。単純に電子の場合、たとえば週刊誌は販売の配信期間を過ぎると読めなくなるだけで、読み終えた後の紙の廃棄と比べると、在庫が廃棄扱いされることはなくなる。だが、一番の問題は出版を取り巻く、他の産業への影響にあった。

　産業としては大企業の一つでもある製紙業界、印刷業界側の出版への依存度はますます低くなり、さらに古紙業者、返品業者の扱い量も必然的に下がる。要するに、出版を取り巻く産業すべてのダウンサイジング――縮小化に直結するわけだ。

　もう時代がここまで来てしまったことに加えて、藤崎の年齢が五〇代に入ったことも、ジレンマの一つとなっていた。もう六〇歳であれば、年齢的には定年時期で、別に何の未練も責任もなくなるが、まだそれまで十年もある。自宅の住宅ローンも後十年以上残っていて、ここで退職するわけにはいかない。だが、出版業界は、実はここ五年、五〇歳前後を上限とするリストラを推奨していて、有限書房も例外ではなかった。大手出版社でも同様で、五〇歳も過ぎて、経理ならともかく、営業、編集のいずれも、この年代でしかできない仕事はこの業界にはほとんど残されていなかった。

自分の五〇歳を境に、出版のペーパレス化はますます加速していくことは間違いないと藤崎は溜息をつく。

ということは、自分の世代以上でスマホ、iＰａｄに縁のない世代は、ますます本から遠ざかって行くことになる。自分の世代に共通する話題が本の形で出版されないのであれば、それだけ図書館にある蔵書が永遠に借り出されていくだけだ。そして最後の情報入手の手立ては新聞だけになり、新聞で紹介されない本は、この世に存在しないことになる。ネット配信されるコンテンツの新作情報はネット内だけの情報として流通していくからだ。

藤崎の次のジレンマは、そういう時代の変化に向き合い、この業界で何か打つ手を考え出さねばならないのに、その手立てが全く見つからないことだった。電子の方面には興味がないし、何より自分自身にそういう知識が欠けている。電子出版だけの時代になれば自分が全く無用の存在になることは間違いない。かと言ってこの年代で、他の業種に移ることはまず無理で、そうであるのならば、自分は何をすべきなのか。

出版社にいたという経験値は、特定の技術スキルでも何でもなく、他の業種に移ってもできることは新入社員と大差ない。同業種の他の出版社でも一番不必要な年齢と存在だろう。大手出版社の転職者が最初に優遇されるのは、情報収集だけの意味で、一通り終わった後は閑職に回されて、自己都合の退職を待つという算段らしい。

それにしても、他の業界にいる同期生に一度訊いてみたことがあるが、商社、メーカー、銀行、証券会社から見ると、この出版業界がどういう方法で利益を出しているのかわからないという。つまり、外部から見ると、その利益構造が全く見えない業界らしい。本を作って書店に流通させて売って、そこから出るのが利益だと言うと、それだけでやっていけるものなのか、と首を傾げられることもしばしばある。

学生時代の同期生で、商社で映画、アニメ部門を担当しているのがいた。その同期によると、確かにアニメは、商社が経営参加するソフトコンテンツとしての価値が高いという。

これは詳細を聞くまでわからなかったが、商社が関与するアニメとは、週刊漫画誌の連載のアニメ化を指すのではなく、映画用に作られたオリジナルアニメのことを指す。週刊漫画誌のアニメ化は、テレビ放映されることが決まった時点で権利元が決定していて、商社がイニシアチブを取ることはほとんどできないらしい。しかし、劇場用のアニメは違う。まず企画の時点で、製作委員会方式で出資先を集める際、その幹事会社的な役目を商社が手掛けるとなると、俄然利益の度合いが変わってくる。それと、二次使用、三次使用の配当が大きい。

まず、ソフト化、テレビ放映、ケーブル放送、さらに海外に販売することができるソフトとして、アニメの存在は突出しているのだという。もちろん、ヒットすることが前提だが、実写の劇場映画においては、こういった例はほとんどないということだから、いかにアニメの商品価値が高いかがわかる。

同期生はこうも言っていた。

「要するに、劇場用アニメは映画館で上映することだけが他の映画と同じで、映像ソフトのジャンルとしては、映画とは全く違うものなんだな」

そういった事情もあり、その原作として供給源である週刊漫画誌の価値は確かに高いものだった、2000年前後までは。この年度に意味があるのは、この前後に、最高部数を記録していた漫画雑誌『週刊少年ジャンプ』の長期連載だった、たとえば、2003年に『ジョジョの奇妙な冒険』等の人気作品が終了する時期に当たっていたのが原因らしい。

無限に供給できるソフトがいつまでもあるわけがなく、その時点で商社にとっての、漫画=アニメという商品価値を持ったソフトの時代は終わった。それは、同時に出版最後のビジネスコンテンツの一つが消滅したときでもあった。

第二章

受賞パーティー

藤崎が、次に偶然にも細井と大堂に会ったのは、6月の、ある文学賞の受賞パーティーだった。

日本の出版社の最大手の一社である〈集談社《しゅうだんしゃ》〉が発行する純文学雑誌『文芸界』主宰の「文芸界賞」は、出版業界では、芥木賞、直川賞への一番の早道として知られていた。戦後すぐの昭和22年に創設され、今年はその七〇回目のアニバーサリーイヤーに当たっていたためか、派手な印象を与える趣向が多く、都心の一流ホテルの会場に参集している誰もが、やはり集談社は違うと受け止めていたことだろう。だが、その中でも、例外的に冷めている出席者たちがいた。藤崎の会社はともかく、細井は大手書店チェーン、大堂は取次の人間ということで、いつも招待枠があるのだろうが、藤崎が今回参加したのは、社内の広告担当に用事ができたのが理由で、こういった会に顔を出すのは久しくなかったことだった。

「珍しいじゃないか、授賞式に来るなんて」

藤崎を見つけた細井と大堂は、すでにグラスのビールを半分空けている。

「たまたまだ。社内の広告担当の代打というところだ。しかし、いつもこんな会をやっているのか。いくら大手出版社でもそんな余裕は今どきないと思うけどな」

「そういえば不思議だよな、景気が良いわけじゃないのに。この会社主宰の文学賞だから、毎年開いているのか」

「会社の面子もあると思うが、会場の費用からしてもタダというわけじゃないだろう」

「でもな、今年はローストビーフが見当たらないんだよ。そのかわりローストポークになっている。一流ホテルだけあって、旨い豚肉を使っているからいいけどな」

大堂がフォークで皿の肉を突き刺した。確かに、このホテルならば、会場代、飲食やコンパニオンの費用等を入れると最低五〇〇万円はかかるだろう。そんな計算をすぐしてしまうのが営業マンらしいところだが、細井と大堂は毎回招待を受けているので、費用のことなんか考えたことがないらしい。それよりも理解できないのが、選考委員の作家はともかく、それ以外の作家らしき人間が見たところ、一〇〇人以上も来ているのはどういうわけなのか。テレビでよく見る顔も何人かいる。付き人のように若い編集者が張りついている作家もちらほらいる。

「まあ、言ってしまえば業界の集まり、いや互助会と言った方が早いんじゃないか」

「あの作家たちだって、まさか会費を払って来ているわけじゃないと思うな」

「会費という考えが、そもそもないんじゃないか。じゃあ、どうしてそういう連中を集めているのかというと、今までのこの文芸界賞受賞者及び、最終選考に残った作家を呼んでいるらしい。そうすると、この賞は戦後すぐ設立されているから、死んだのを除いても、そのくらいの人数にはなる」

「そうなると、ここは互助会という以前に、コミューンだな。同じ目的を持った人間たちの共同体ということか」

「共同体というほど、みんな仲が良いわけじゃないだろう。というより、受賞して、第二作で伸び悩んでいる作家がほとんどで、一人だと不安で仕方ないから、情報収集も含めて来ているわけだ。業界の出席簿に一応返事をするためという、生存確認的な意味もある。おまけに、タダ酒も飲めるわけだしな」

「そういうことはみんなよくわかっているんじゃないか。欠席したら、次の招待はないだろうから、作家たちの出席率は100％だと思うな」

出席率というのがほとんどギャグ寸前だったが、確かに、作家というのはスポーツ選手と同じ個人事業主である。秘書のいる作家など一握りで、営業や経理、その他すべてを自分で賄わなくてはならない。だが、作家のそういった生活に根差した危機感は、業界外ではほとんど理解不可能だろう。

思いついたように、藤崎が二人に話しかけた。

「なあ、この中で、筆一本だけで生活できているのはどれだけいると思う？」

「いや、そういう売れっ子は時間が惜しいからこんな所にはよほどのことがないと来ない。来ても、挨拶してすぐに帰ってしまう」

「ということは、ここに長居しているのはそうじゃない連中ばかりということか」

「別に疑問形でなくてもいいんじゃないか。呼ばれたら必ず出席して、最後まで飲み続けている、まさにそれ自体、その作家が売れていない確実な証拠だな。そうしてみると、壮大な眺めじゃないか。本を書くことでしか生活できない連中がこれだけ律儀に集まって、他人の金で飲み食いしている。となると、この費用は一体どこから出ているんだ？」

「さあ、それがこの業界最大の謎だな」

「書店、取次から協賛金を取っているとか」

「書店、取次に協賛金は取られても、そこから金を取るところは出版業界にはないと思うな。まして、他の出版社からは」

「そりゃそうだ、どうして他の出版社を、別の出版社が支援しなきゃいけないんだ。誰もこんな文学賞を作ってくれって頼んだわけじゃ……」

そこまで言いかけて藤崎は言葉を呑み込む。取次が何かにつけて出版社から協賛金的なものを捻出させているのを立場上よく知っていた。だが、それをこの二人に言っても始まらない。ではこの受賞パーティーは、何のために存在しているのか。他の出版社の人間ということもあり、藤崎にはその理由は全くわからなかった。

*

会場では選考委員を代表して、長老の作家がおもむろにしゃべり始めていた。

この作家は十五年ほど前に新聞で連載小説を書いていた筈だが、最近はどんな小説を書いているのか、さっぱりわからないという人がほとんどだろう。

　門脇でさえ、実はこの長老の作家についてそんなに知識があるわけではなかった。門脇はこの文芸界賞の元になる純文学雑誌『文芸界』の編集長で、この賞の実行委員長でもある。それまで男性娯楽月刊誌の編集長だった門脇が、社内異動で移ってきたのが三年前のことだ。そのとき四七歳だったが、他社の文芸誌の編集長の中でも一番自分が年下だったのには吃驚した。このジャンルの雑誌では、四〇代後半の編集者でも若手と言われるらしい。もっとも他の出版社の、同類の三誌の編集長はいずれも五〇代後半で、定年まであとわずかの時間を過ごすには理想的なポジションなのは業界では常識となっていた。

　門脇は1988年のバブル期の入社だが、この集談社にコネもなく入社できたのは奇跡とも言ってよかった。これは後から聞かされたことだが、この日本最大の出版社の、当時の新卒採用枠は六名で、広告、政治のコネが二名、作家関連の推薦が二名、残りの二名が一般応募とのことで、その年度は二〇〇〇名の応募だったというから、実に0・1%の確率だった。学歴も早稲田の文学部で、面接でもそれほど印象的な存在だったわけでもない。何かの偶然だろうと思っていたが、その理由は意外なことでわかった。

　娯楽月刊誌の編集部員だったとき、ある取材でヤクザがらみのちょっとしたトラブルが起こり、警察で取り調べられたとき、その担当が、「昔こういう取材は、それなりのベテランの連中がやっていたもんだが、今はこんな子供みたいなのにやらせるんだな。すぐ泣きついてくるから、警察としてはすぐ事件になって手間がいらなくて助かるが」と言うのを聞いて、自分も含めて、入社前後のこの時期はわざと一般的であまり目立たない、普通の学生を採用していたフシがあることに気がついた。

学生運動も完全に終焉していた時期だから尚更だったが、本人の身上調査はもちろん、保証人も確実に確保するのはこの会社の昔からの伝統で、確かにその時期は自分のような平均的な学生が相応しかったのだろう。だがその分、後に配属される文芸雑誌が全く不適格だったのは想像に難くない。門脇自身そう思うのは一度や二度ではなかった。

＊

門脇がそんな昔のことに思いをめぐらせていた間にも、その傘寿を越えた老作家の演説はまだ終わりそうもなかった。いかにこの「文芸界賞」が歴史と意義のある賞であるかを力説していたが、そんなことは今の時代にはどうでもいいことだと思っているのは、門脇一人だけではなかっただろう。

この老人は文字通り世間的には完全に忘れられている作家で、唯一の仕事がこの文芸界賞の選考委員なのは、ここに集まっている誰もが知っていることだった。この作家が直川賞を受賞したのは昭和40年代で、今ここにいる集談社の井上社長が門脇と同じ五〇歳だから、老作家と同じ年代の人間が、そもそもこの会社に一人もいないことを考えると、老作家についての知識があるのは、ここに少なからず集まっている同業作家たちだけではないか。いや、それも怪しいかもしれない。

門脇はこの世代の老作家たちが、「本はただの商品ではない、文化活動だ」と訳知り顔で語る、化石のような文学観というか、肝心の自分の本がしばらく出ていないのに力説する意味のない主張も好きではなかった。

これは門脇も自覚していたことだが、団塊の世代の編集者たちがすべて退職して、いなくなった後の出版社における「出版」についての考え方は、以前とは全く違う。

既にほとんどの編集者たちが小説、文芸等にそれほどの熱意がない。と言うより、その連中にとっては漫画とアニメが編集者としての一番のバックボーンであり、それ以外では、料理や子育て、医療、健康、語学、いわゆる趣味の実用分野に属する本の企画について一家言ある編集者が多くなっていた。つまり、活字だけがすべてではない世代が、バブル期の前後から入社し始めていて、門脇自身もその典型的な一人だった。だが、この趣味のジャンルが意外に無視できないものであり、従来の出版の範囲を大きく広げていくことは誰もまだ気づいていなかった。

その兆候は2000年以降、意外な形で現れた。ジョギング、マラソンが趣味の女性ミュージシャンのエッセイをアイドル本、音楽本の変形として刊行したところ、従来のファンはもちろん、マラソン関連本としても読まれ、新しいスポーツの本としてその地位を確立するまでの売れ行きになった。これが三〇万部を超えるようになる頃、考えていた以上に趣味のジャンルが深い多様性を持っていることがわかり、そのマラソン本のヒットは見事な証明となった。今までスポーツに関する本は一種の専門分野と思われていたが、意外な金脈の発見として、類似本が集談社以外でも続々刊行されるようになっていった。

そんなときに、あるアイドルのボクシングのトレーニングを取り入れたエクササイズ本を出し、本人がバラエティ番組で紹介するや否や、これがまた爆発的な売れ行きになり、スポーツ以外でも、ペット、料理、旅行、インテリアと、その取り扱う範囲が一挙に拡大していくばかりだった。

門脇はその頃、男性月刊誌に配属されていたが、そのヒットを横目で見ながら、これからは自分の趣味を大事にして究めていく、玄人はだしのタイプが増えていくと考えていた。それはそういった出版物の刊行を見ているだけでも一目瞭然だった。オタクとも違う、究極の趣味人とでも言えばいいだろうか。その意識は、『文芸界』に配属になったときにさらに明瞭になった。この文芸の世界は硬直化しているだけでなく、三十年くらい時が止まったままの状態で、古色蒼然という言葉だけでは片づけられないことだった。

自分はこんなところで定年までの年月を過ごすことができるだろうか。そんな状況のまま、今年もこの受賞パーティーを迎えていた。

第三章

出版の将来

同じ会場で、主催元である集談社の社長である井上は、授賞スピーチを時折頷く素振りで聞きながら、あることを考えていた。この老作家は団塊の世代が学生時代の1970年代前後にはよく読まれた作家らしいが、さすがに2016年にもなると、その読者でもあり担当でもあった団塊の世代の編集者がすべて定年でいなくなった。その後の担当が若過ぎて頻繁にトラブルを起こすのが業界の一部では笑い話で伝わっていた。この前も、作家の前で大佛次郎をダイブツ次郎と言ってしまい、怒鳴られたらしい。その担当は自分と同じ五〇歳だったが、自分の父親世代ぐらいの八〇歳過ぎの、前世代の偏屈な作家とうまくいくわけがなく、こういった事情は他社も同じらしい。いつまでこんな連中の面倒を見なければならないのか、そういった意識も大手出版社の共通認識だと一人考えていた。六〇代の団塊の世代の作家はまだいい。一番問題なのは、この老人のような昭和ヒトケタ世代の作家で、原因の一つが作家たちの長寿なのが最大の皮肉だった。これから先、自分と同世代の作家もそのまま年齢が上がって行く。出版社としていつまで、この老人はもちろん、これからの老人予備軍の失業作家たちの世話をすればいいのか。団塊の世代がこれから後期高齢者に入っていく現実を考えると、この老害は出版社にとって、冗談ではなく、医療、介護と同じように、さらに深刻なことになる。出版社は作家の老人ホームを経営しているんじゃない。会社経営もだが、この件も、井上にとっては心配事の一つになっていた。

井上だけではなく、門脇も同様だった。社員の年俸と同じように、作家の初版部数が年齢とともに上がっていくわけがないのは当然にしても、以前はこの老人世代の作家をどうやって対処していたのだろうと門脇はよく思っていた。

例外は抜きにして、80年代は、人気作家の新作の初版部数は上限が三万部、それが業界の常識だったらしい。芥木賞、直川賞受賞の後は、出版社、新聞社ごとの文学賞を受賞し、さらに新聞連載小説を書いた後は、賞の選考委員就任が、作家出世すごろくの上がりだったが、それに伴って部数が上がっていった作家は数えるほどだった。『文芸界』の先輩に聞いたところでは、70年代までは各出版社に文学全集があり、これが作家の安定した定期収入だった。だが、オイルショック以降はこうした企画も少なくなり、映画化も文庫化も、選考委員の口もない老作家が生まれるようになる。後は講演会だが、これも本の売れ行きによってお呼びがかかるわけで、80年代のバブル期に全国の企業で乱立した豪華なPR誌がその後姿を消すと、残ったのは「作家」という肩書だけだった。詩人も兼ねている作家であれば、翻訳業は本業以上の意味を持っていたのは言うまでもなく、それ以外の機を見るに敏な連中は、広告代理店のコンサルタントや、大学の特別講師の道を模索していたが、それにも乗り遅れた作家連中が皆勤賞として出席しているのが、今日のパーティーだった。

それにしても、いつまでこんな会に金を使っているのか、それほど余裕はない筈だがと門脇が苦々しく思っていたところに、旧知である全販の大堂が近づいてきて、藤崎と細井も交えて話すことになった。

「おめでとうございます、いつもながら盛況ですね」

「そんなことはないでしょう。この受賞作からせめて一冊でも一〇万部が出ると、この賞も意味があるんですけど、ご存じのように昨年の受賞作は内容が地味なせいか、売れ行きも地味でしたからね」

「他の出版社なんかは、最近芸能人に小説を書かせて賞を取らせているじゃないですか。ああいうことは、集談社はおやりにならないんですか」

「そうですねえ、選考委員会の先生方が何と仰るか……」

門脇は苦笑いをするしかなかった。確かに昨年の受賞作は地味だった。三〇代のＯＬ作家が書いた、『そして、私は』はタイトルからして書き出しのフレーズそのもので、内容も、どこが受賞作に値するのかわからなかったとこの連中に今言ったら吃驚するだろう。

今度は細井が嫌味まじりに言う。

「前評判も高かったので、ウチのチェーンでも三〇〇〇部仕入れたんですがね」

雑誌掲載時の評判から、単行本の初版部数を異例の三万部にしたのは、事前に大堂に、細井のチェーン店でその一割を確実に配本する約束を取りつけていたからだったが、門脇の方から大堂に依頼した部分があったことも否めない。前年以前より、最近この賞の受賞作で実売三万部以上の実績のある作品がなく、賞の存続自体をどうするかが、最近役員会の議題で出たときから、門脇は鬱々とした日々を送っている。それにしても、とりあえずこの賞が続いていかないと、最終的には雑誌自体、存続する意味がなくなることもわかっていた。廃刊になった後、その担当者の受け皿がないとなると、自分の居場所はない。少なくとも自分が定年を迎えるまでのあと十年、この純文学雑誌を存続させねばならない。実際、門脇にとってこの雑誌及び賞は、自分の生活と老後に直結する現実問題となっていた。

そんな危惧も手伝って、昨年はその受賞作を、従来なら初版一万五〇〇〇部のところを倍にして勝負に出たわけで、読売、朝日、毎日に全五段広告まで打ったわけだが、結果的には実売一万部もいかず、惨敗となった。そんな門脇の胸中を知ってか知らずか、細井が直球で尋ねる。

「で、今年の受賞作はどんな内容ですか。売れそうですかね」

藤崎は部外者らしく、門脇に気を遣いながら続けた。

「門脇さんは編集長だから、候補作の段階からすべて読んでいるわけでしょう。今年の傾向といったものはあるんですか」

食べ物じゃないんだから、傾向なんてあるわけないだろうと門脇は思っていたが、確かに商品であれば傾向を考えるのは当然だ。そうでないとすれば、文学賞の受賞作である小説は最初から「商品」ではないことになる。

井上は先ほどからのことをまだ考え続けていた。こういったパーティーが不況と無縁の状況で開催されていたのはいつ頃までだっただろう。業界記録では１９９６年から雑誌、書籍の総売上金額が前年を割るようになり、その頃二・五～六兆円あった金額が、それから二十年で一・五兆円まで落ちた。実に一兆円が消失してしまったことについて、どう考えればいいのか。記憶では２００９年くらいから業界全体で経費節減の意識が出てきたような気がする。毎年の売れ行き高が、前年比を割るようになって十年目の分岐点になった頃だろうか。その引き金は一体何だったのか、今でもよくわからないところがある。ＣＶＳの雑誌の扱い高とネット書店の売上がピークに達していたからとか、書籍の売上を牽引していた『ハリー・ポッター』の最終巻の日本語版が２００８年に出て終了したから等、様々な要因があるのだろうが、経営者の立場から考えると、雑誌の売上減、特に漫画雑誌とコミックス――いずれも雑誌扱いだが――の減少が痛かったというのが実感だった。

書籍、文庫、新書の売れ行きは微減を繰り返していても、総体の売上は刊行点数等の調整で大体予想できるが、雑誌の売上金額は桁が一つ違う。すぐにその売上低下が数字で表れてしまい、そのまま広告減にも直結する。大手出版社のほとんどはこの二つの利益で全体を維持していたから、このバランスが崩れると、それまでの図式が一挙に破綻してしまうが、そうした状況からもう十年近くにもなる。昔からの知り合いの、神保町にあった中小出版社の社長が自主廃業することを決めたと電話をしてきたのは確か三年前だった。井上は、そのとき社長がふと漏らした言葉が忘れられなかった。

「ウチくらいの規模だと新刊を出さない方が結果的に赤字が少ないんだから、嫌になるよ。それと、これは出版社に限ったことじゃないが、会社というのは維持するだけで金がかかるんだ。赤字が酷くなる前に廃業しようと思っているのは別に俺のところだけじゃない、他の出版社でも同じじゃないか。そうしないと、息子の世代に借金を残すだけだからな」

要するに、出す新刊がすべて黒字になるとは限らない。赤字になった瞬間、新刊にかかった費用はそのまま赤字になり、広告その他の経費を加えると最終的にその赤字は倍になる。これは極端なケースでもあるが、それが既に現実になっているところに現在の出版業界の窮状が如実に表れていた。自分は戦前から続いている日本中誰もが知っている大手出版社の四代目社長ということもあり、そんなに簡単に自主廃業になることはあり得ないが、自分がその中小出版社の立場だったならば、おそらくそうするに違いないと考えていた。

そのくらい、この業界の経営基盤、資本基盤は盤石とは言い難く、どう対応していいかわからない日々が続いていた。期待していた電子書籍部門も、黒字を出しているのはコミックスだけだ。三代目である父親は生前よくこう言っていた。

「出版社の経営者に必要なものは、本に対する冷静な見極めだ。本を内容云々より、まず商品としてどう捉えるかが肝心で、すべての判断は自分の独断だけで決めるのではなく、各部署の意見をよく聞くことだ、特に営業側の意見を。編集者の意見は個人的な思い込みが多いから、いちいち取り入れていたら収拾がつかなくなる。大体話半分と思って聞いていた方がいい。優先順位は、販売の現場に近い営業が一番だ」

そう諭していた父親は、在職中の90年代に、当時の編集役員に押し切られた形で、気乗りしないまま刊行してしまった全五〇巻以上の文学全集の、桁外れの不振がいつまでも自身の汚点として気にかかっていたのに違いない。だが、その父親が二十年前に亡くなるときには漫画雑誌、コミックスともに驚異的な伸びを見せ、会社全体でも創業以来最大の売上を記録し、既に集談社の経営母体を支える基幹部門になっていたが、それでも尚、貴重な遺言ともとれる言葉を残していた。

「いいか、漫画をこれからの経営のすべての中心に考えていくんだ。今のうちに漫画雑誌も可能な限り創刊しておいた方がいい。漫画はおそらく出版産業の最後の商品コンテンツだ。それを忘れないでいれば、集談社はまだ当分は大丈夫だろう」

その遺言をどこまで守れたかは、井上は自分でも疑問だったが、社長に就任してからは社内にアニメ化専門の部署を立ち上げ、雑誌連載時から積極的にテレビアニメ化を進めて行くことはもちろん、劇場アニメの製作にも出資するようになっていた。その権利配分の利益とコミックスの売上との相乗効果として、キャラクターグッズのライセンス販売もあり、少なくとも漫画部門関連の売上は、就任以後一度も下がったことがなかった。父親より漫画世代の真っ只中にいた井上にとって、その方策は極めて真っ当な選択であり、迷いはなかったと言っていい。その隆盛がいつまでも続いていたら、今、この会場で文芸界賞の受賞パーティーを苦々しく眺めていることはなかったかもしれない。十年くらい前からの出版不況の煽りで、その漫画があっても、会社全体の売上を維持するのがやっとの状態が続いていた。このままいくとどうなるか、非採算部門の廃止とそれに伴うリストラは、集談社にとっても一番の急務となっていた。

経営だけを考えるのであれば、漫画に特化した出版社にすれば、少なくとも社員数が半分になっても会社は維持できる。だが、日本最大手の集談社が、漫画だけの専門出版社になるわけにはいかない。四代目の矜持ももちろんあるが、経営者として合理的に考えても、世の中は集談社を総合出版社として捉えているためか、たとえ子会社の形で分社化しても、なかなか専門の出版社の設立に踏み切れない要因が書店、取次を始めとして、社内外に数多く山積していた。

果たして十年後、自分はまだ、この職と地位にいるだろうか。何よりこの会社自体、いや出版業界自体がまだ存続しているだろうか。それは、この会場にいる者のすべてが自覚はしていても、誰一人全く予測できないことだった。

井上のそばにいつの間にか、編集総務担当の城所《きどころ》常務、通称、「役員」がいた。会社一番の年長者であり、七〇歳を過ぎている筈だが、三代目の在職中から、その番頭として、社内の総務的なことすべてを取り仕切っていた人物だった。役員なので、定年はあってないようなものだが、昨年より年齢的なこともあり、辞意を仄めかしていた。引き際だと思っているのだろうが、城所がいなくなると、会社のある部分が、井上には確実にわからなくなる危険性も孕んでいた。それほどまでに、城所は会社の知られざる汚れ仕事も一手に引き受けてきた経緯があり、社内のダークサイドのすべてを知る唯一の存在でもあった。

「城所さん、今年もこういう会を開いていますが、いつまで続ければいいんでしょう」

「それを決めるのが社長の仕事でしょう。私はそろそろお役御免の時期なので、この時点で何か申し上げる立場ではありませんが」

「私としては、以前お話ししたように、もう少しいていただきたいと思っています」

「お言葉だけ有り難くいただいておきます。それより、例の新英社《しんえいしゃ》の件、五社会でもお聞きになっているかとは思いますが、かなり深刻なようです」

「というと、あの後、また何かあったんですか」

「私のところに入った情報では、実は……」

二人の会話を打ち消すように、会場ではまた別の乾杯と発表が始まっていた。

第四章

作家の生態

薄い水割りのグラスをコンパニオンから受け取りながら、会場にいる藤崎の自問自答もまだ続いていた。六〇歳定年が近い連中は、言ってみれば「勝ち逃げ世代」だが、五〇歳の自分としてはまだまだ現実の話だ。この目の前で飲み食いしている細井と大堂はどう考えているのか。大堂はもう、ローストポークを三回はおかわりをしている。藤崎はそろそろこの場を切り上げようとしていた。細井と大堂にそう声をかけようとしたとき、作家の、森尾都留子《もりおつるこ》が近づいてきた。

森尾は確か四〇代後半、いや五〇歳近い筈で、どこかのパーティーで一、二度紹介されたことがあったが、細井の妻の友人にあたるらしい。森尾は十年くらい前、ＯＬ時代にこの文芸界賞でデビューした女流作家で、実は門脇の愛人だということは、もしかしたら藤崎しか知らないことなのかもしれなかった。別に編集でもない藤崎にそれがわかったのは、以前ある寄り合いで紹介され、席を外して携帯をかけていたとき、偶然二人の会話を耳にしてしまったからだが、藤崎にとって、そのことが自分に後々関係があることになるとはその頃は考えもしなかった。

森尾は少しアルコールが入っているのか、近くにいたボーイに向かって、シャンパンはもうないのか、昨年はもっとあった筈だと問い詰めていて、いつも以上に饒舌だった。そのうち、旧知の細井に向かって、

「あら、細井さん、奈美は元気にしてますか。昨年のクラス会以後会ってないのよ」

「ええ、まあ専業主婦ですから、家にいることがほとんどです。森尾さんのように、作家でもないんで」

「そんなことはないわよ。奈美も昔少し書いていたんだけど、結婚してから書くのをやめちゃったのね。最近ブログを始めたじゃない？　なかなかうまいわよ」

「本当？　いや、それは初めて聞いた」

「亭主なのにそんなことも知らないのか」

と話しかけたのは大堂だった。

「私だって結婚して主婦になっていたら、まず作家になろうなんて思わなかった。奈美だって私と同じようになったかもしれない可能性はあったのよ。私が言うのもなんだけど、学生時代に書いたものを読んでも、私より奈美の方が才能あったわね」

夫である細井はともかく、兄の大堂も初耳だったようだ。しかし、こんなものかもしれない。女流作家がデビューするにはいくつかのパターンがあると、藤崎はどこかのパーティーで門脇に聞いたことがある。門脇と森尾の関係を知った後だったが、相手はそんなことは知る筈もなく、業界裏話の一つとして話してくれたのだが、二～三年前の話なのに藤崎は今でもそのときのことをよく覚えていた。せっかくだからもう少しこの場にいようかと思い直し、ウーロン茶片手に会場の隅に一人でいた門脇に話を向けると、門脇は場所を憚るような、さらに意外なことを教えてくれた。

「今では普通のサラリーマンが時間をやりくりして小説を書くことが増えていますけど、昔は、そうですね、70~80年代以前は、まずそんなパターンはなかったんじゃないですか。明らかにその頃と今とでは作品の質が違ってきていますから」

「サラリーマン兼業の作家と、専業作家は明らかに違うということですか」

「その前に、一般論として伺いますけど、藤崎さんは、今どき、どういう人が作家になると思います?」

「それは書きたいことが自分の中にあり、その内的な衝動に突き動かされて書かずにはいられないことが出てきて、それを小説として書く、そういう資質を持った人、もちろん性格、生活、環境等いろいろな条件があると思いますが」

藤崎はそう答えながら、あまりにも優等生的な返答だなと少し顔を赤らめる。

「ほう。意外に古風な作家観をお持ちなんですね。同じ出版社でも、実際の編集じゃない人の方が小説に対する純粋な見方が残っているのかもしれない」

「というと?」

「つまり、作家というのは、私の年代の認識でも普通の人はほとんどいません。逆に言えば、社会不適合者と言ってもいい。会社勤めができないんでしょうね。そういうタイプの人に残された最後の仕事の一つが作家なのかもしれない。まず、こう思っておくと、作家に対して何があってもそんなに裏切られることはない筈です」

「裏切られる、と仰いますと」

「つまり、そのくらい一般的にはあり得ない、普通でない人が多いということです」

「普通ではないとは、どういうことですか」

それから門脇は、憑かれたように一方的に喋り始めた。

「文字通りの意味ですよ。まず、作家を普通の人と思って話していると、すべての間違いの元になります。社会人としての資質が欠けている。たとえば、待ち合わせ時間前に来ている作家は、デビューした直後の野心むき出しの頃だけですよ。一冊本が出て、少し売れるとまず態度がすぐ変わる。タメ口になるのはまだ可愛い方で、どういうわけか少し上から目線になる。これは増刷して、部数が上がるのとほとんど正比例じゃないですかね。

それと作家との打ち合わせの時間ですが、必ずと言っていいほど、二つの時間帯を指定してきます。面白いのは、新人でも長老的な作家でも同じです。会うこと自体、作家側から見ると、頼まれている、会ってやっている、という意識なんです。だからその時間帯は間違いなく、昼の11時半〜13時、もう一つは、17時前後になります。どういうことかと言うと、お昼は打ち合わせとして称して会って、昼食を出版社側に支払わせようという魂胆がある。夕方はおわかりのように、この時間の打ち合わせと飲みに行くのは、ほとんど同義語です。言い方を変えると、一種のたかりです。

それなりに安定した売れ行きの作家であればこちらも接待を考えますが、そうじゃない作家の方が圧倒的に多いわけで、電話やメールで済むことでも、ちょうどその日は出掛ける用事があるので会おうか、と言ってくる。会うほどのたいした用事なんかそう頻繁にあるわけないでしょう。作家連中は、できるだけ交通費がかからない場所が良いわけですから、これがまた家賃が高い都心に住んでいるのはほとんどいない。郊外にこちらから出向こうとすると、その辺にはたいした飲食店がないから、大体、その中間点を指定してくる。しかも、その周辺で一番高そうな店を指定してくるから大笑いです。そういうとき、作家はほとんど手持ちの金を持ってきていないから、ちょっと緊急の用事ができて行けなくなったと言えば、慌てると思いますね。

それと言うまでもありませんが、作家でクレジットカードを持っている人はそんなに多くありません。カードの審査に通らないからです。ついでに言うと、作家はほとんどローンが組めないのは業界の常識です。昔は出版社が保証するということで銀行を紹介したこともあったらしいですが、そんなことはバブル以前のことで、ここ二十年以上は絶対にありえません。漫画家さんなら話は別ですが、漫画は収入も作家とは比較にならないので、ローンなんか関係なく、ほとんどが現金購入ですからね。だから、作家というのは、何と言うか、一言では言えない人種というか。先ほども言ったように漫画以外で家を建てた人は、一部のベストセラー作家を抜きにすると、バブル以後はほとんどいないんじゃないのかな。それと、独身ならともかく、もし三〇～四〇代で、妻子持ちで作家専業になろうという人がいたらまずやめた方がいい。絶対食っていけませんから。出版社の人間がそう保証をするのも変な話ですが、そんなことさえも理解していない人が多いんです。三〇〜四〇代であれば、サラリーマン兼業で書いていくのが一番で、そうでないなら、とにかく独身でないと、扶養義務のある人は絶対無理です。新人賞を取った人にも、頼むから仕事は辞めないでほしいと最近は言いますね。独りであれば自分で決めたことだから、大成しなかった後も他の仕事に就けばいいですが、妻子持ちでローンでもあったら、それこそ自己破産か自殺に追い込まれてしまいます。ですが、今言ったようなことは昔からあったことみたいですよ。筆一本で生活する、つまり食って行くというのは並大抵のことではない。それなのに、作家になりたがるのは跡を絶ちません。よほど安易で楽な仕事だと勘違いしているのか、一獲千金を狙っているのがあまりにも多い。つまり、書く側の人間が多過ぎるんです。その一因は出版社にあると思っていますが、一度何かの賞を受賞しただけの人間が今、会場にこれだけいる。異様な光景だと思いませんか」

一挙にまくしたてた門脇は、しばらく放心状態だったが、それは藤崎も同様だった。グラスの中の氷は溶けかかっている。日頃の鬱積を誰かに聞いてほしかったのかもしれない。そこにたまたま、信頼のおける部外者とも言える、藤崎が居合わせたということなのだろう。

最後に門脇はこうまとめた。

「とにかく、私のような仕事で一番肝心なのは、また気をつけなければならないのは、作家に〝貸し〟は作っても、絶対に〝借り〟を作らないことです」

藤崎はそこまで聞いて、その意味を測りかねて、どう返答すればいいかよくわからなかった。

第五章

衰亡の行方

会場で藤崎との話が途切れた後、門脇は、シャンパンで顔を赤くしながら他の作家連中と話している森尾都留子を眺めながら、この女と出逢った頃のことを思い出していた。

最初は、まだ文芸界賞の候補になる前だった。森尾がまだＯＬの頃で、このまま未婚のまま、この会社で女の人生が終わってしまうのかと思っていた三七歳の頃、広報室の同僚に勧められて書いたのが始まりだったという。それは自社の広報誌内の持ち回り連載の一つで、ＯＬとしてのエッセイだったが、それを読んだ広告代理店の知り合いからの紹介で、都内の企業の広報誌担当が集まるイベントに参加したのがそもそものきっかけだった。そのとき、知り合いとそのイベントに来ていたのが門脇で、もちろんそれが初対面だったが、この日を境に頻繁に会うどころか、全く違う世界に入って行くようになるとは。

森尾にしても、門脇とすぐ付き合うようになったのではなく、後日、その事務局の手伝いを担当するようになったとき、ＯＬ経験のあるライターを探していた門脇と偶然再会したのが、運のツキというか、すべての始まりだった。そのとき、門脇は、他社から出版されたＯＬのエッセイがベストセラーになったこともあり、似たような書き手を探していたところだったが、そういった広報誌を社外のＯＬが読む筈がないことは、よくわかっていた。だが、そういった広報誌でなければ現役のＯＬの生の意見を聞ける機会がそんなにあるわけではない。また、入社したての若い世代に聞いても仕方がないので、在籍十年以上の主婦兼業でも構わない、古参のＯＬの意見を聞くのが目的の一つだった。そういった都合のいい例がいるのだろうかと思っていたときに知り合ったのが、森尾だったわけだ。紹介されて話しているうちに、森尾が学生時代からいわゆる文学少女だったことはわかったが、ＯＬになってからは会社に通うだけの毎日で、そろそろ十五年が経とうとしていた。周りに同期入社が一人も残っていないのはもちろん、総務部でも飛び抜けた年長者で、同部の係長よりも年上なこともあり、そろそろ退職してほしいという周囲の雰囲気も感じていた。だが、勤務態度が悪いわけではなく、その理由をどうやって見つけるかと思案しているところに、広報部から、長く広報誌の担当をしていたのが寿退社するので、誰か本とかに関心のあるのはいないかと言って探しているうちに、森尾に白羽の矢が立ったのだ。

さらに大手出版社に勤める門脇と出逢うことは、森尾の退職のシミュレーションに全く入っていなかったのは言うまでもないことで、運とはこんなものかもしれないが、門脇にとってその出逢いは、女流作家特有のしがらみが引き起こす、後悔の要素もその中に入っていた。門脇は『文芸界』の編集長になったとき、先輩編集者に言われたアドバイスを、その後になってもどういうわけかよく覚えていた。曰く、

「お前な、美人で金持ちで頭のいい女が、本なんか書くと思うか、特に小説を。今言った三大条件がないから、その空白をなんとか埋めようと努力するわけだ。この三点の内、一つでもその要素があれば作家になれると俺は思っている。もしも、この条件がすべて揃った女流作家が出て来たら、絶対、直川賞を獲れる、俺が保証する、というより、今までの

女性の受賞者を思い出せば、俺の言ったことがよくわかるさ」

その先輩の教えてくれたことはまさにその通りで、それは今も通じる女流作家の必須条件とも言えるものだった。特に、都留子の存在が不可欠になった門脇にとってはまさに身近なもので、これ以降に起こった事件で、女流作家の作家たる所以を、切実な実感として否応なく経験させせられることになる。知り合って半年後、都留子の書くエッセイ『OLですが、何か?』が、集談社発行のフリーペーパーに連載され始めた。連載は一年にも及び、その後、単行本が出ると、OLの本音を毒っ気たっぷりに活写したエッセイということで作品が独り歩きを始めた。そして『文芸界』に当時人気のイラストレーターとコラボレーションした中編を掲載した半年後には、『OLですが、何か?』は三万部を突破した。そして、門脇の編集部内部の作為もあり、三九歳で文芸界賞の候補となり、そのまま受賞してしまったのだ。候補までは裏工作でなんとかなっても時の運と勢いは予測不可能で、内部からはもちろん、外部からもわからない。門脇と男女の関係になったのもその頃だ。その受賞作が十万部を突破する頃、森尾は当然のことながら会社に辞表を出していた。

それから十年。都留子のその後の本の売れ行きがどうなったのかは、この受賞パーティーに最初から最後までいることでもわかる。最近、顔つきがキツくなってきた。門脇は彼女の存在がもはや重荷になっている。自分のことをどう思っているのかと都留子に問われれば、既婚者の門脇は黙るしかない。そういえば、細井の妻で、大堂の妹でもある奈美は、学生時代の友人ということで、森尾の受賞パーティーのときに紹介された。あのときの面子が、歳をとって今ここに勢揃いしている。狭い業界の中に、さらに凝縮された人間関係が集約されているといえばいいだろうか。そろそろ、誰にも気づかれないようにこの場から抜け出そうと門脇が思っていたところで携帯が振動した。都留子からだった。

この授賞式には、今回珍しく出版業界の裏側を知る大物二人も出席していた。

全日本印刷の稲田社長と、新日本製紙の草野社長で、この二人は同い年で、今年七〇歳になるが、業界では珍しく、仕事を離れても親友とも言える比較的友好な関係にあった。出版業界の両極とも言える二人の存在はそのまま、戦後日本の出版の歴史とも呼べるものだった。父親の会社を継いだ二代目同士とはいえ、1975年から胎動しつつあった、出版の売上を飛躍的に増加させる、究極のマテリアルとも言える「漫画」の存在にいち早く気づいたのはこの二人だった。二人が三〇歳の頃、お互いに二代目として取り組んだのがこのジャンルで、稲田は門脇の会社専属のコミックス専門の印刷／製本の会社となるべく、その専門の工場を建てて稼働し始めた。草野も時を同じくして、自社にコミックス専門の用紙の開発、調達から、そのすべてを最優先にするために工場の別ラインを用意していた。そして、稲田と草野の献身的な取り組みは、その後の出版業界の中で信じられない売上となって結実する。

門脇の会社の少年漫画週刊誌がナント、日本三大新聞の一紙である毎朝新聞の部数を抜く五〇〇万部を超えるようになり、さらにそこから派生するコミックスの初版部数がほとんど一〇〇万部を超えるようになると、集談社と稲田と草野は、わが世の春を謳歌していたと言っていい。だがそのピークが１９８５年以降に来た後、部数が最盛期の三分の一になった二十年くらい前から、実質的な出版不況の兆しは既にあったのかもしれない。今日のパーティーは、漫画に関係するものではなかったが、稲田と草野もまだ社長職にありながら三代目の息子世代に経営を譲って、二～三年前より第一線から退くようになり、少し時間の空いたときは、こういった会に顔を出すことが多くなっていた。

「お久しぶりです。また会いましたね」

「これはどうも。どうですか、景気は」

「私たちの世代はそれが挨拶の決まり文句になっていましたが、何かもう、そういう挨拶をしても仕方ないと思うようになりましたね」

「全くです。この業界の景気が良いわけがないのは誰でもわかりきっていることですからね」

「そうは言っても、別に紙の需要は印刷だけじゃないから、おたくは出版業界にそんなに業績が左右されないでしょう。他に打つ手があるのは羨ましいですよ」

「そんなことはない。以前、出版のシェアは自社の総売上の三分の一以上あったからね。

それに商業印刷としても、紙の需要が減っているんですよ、今、日本では」

「それで紙も海外に供給、出荷をシフトしているわけですか。その点で言えば、中国はまだ巨大な市場でしょう」

「中国で一番意外だったのが、乳幼児の紙オムツの需要ですよ。とにかく、全く足りていない、なのに中国で生産しにくい産業の一つと言っていい」

「そうらしいですね。中国人が知り合いに物を贈るときに一番喜ばれるのが、紙オムツセットだそうです。とにかく、日本の紙オムツは良くできていて、かぶれない、肌に優しい優良品だ。それに比べて印刷は全く、印刷以外にツブシが効きませんからね」

「厳しいね。出版以外の商業印刷でも、カレンダー等が減っているし」

「ペーパーメディア自体が縮小化しているんですよ。知り合いの出版社に聞くと、電子書籍にしても、実は漫画は最初から採算が合っているそうです。これからは、いかに従来の印刷した漫画と歩調を合わせていくかだけですよ。漫画を持っている出版社は、最後は漫画の原稿というソフトを制作、維持できていれば、デジタルに転換しても、もちろん適度な人員削減は必要にしても、まず会社が立ち行かなくなることはないでしょう。しかし、印刷のジャンルはもっと深刻ですよ」

「でもその分、ネット部門の制作、配信にいち早く取り組んでいるじゃないですか」

「そこにしか活路がないからですよ。それとご存じのように、印刷業界は古い工場体質が残っているうえに、それに従事している人間も膨大です。この人員をなんとかしなければならない。新入社員は、実はほとんどネット関係と、これからの商品物流に不可欠な、新しい商品識別ラベル開発の人員ばかりで、純粋な印刷関係はほとんどいないんです」

「時代ですね。製紙会社も印刷会社同様、社員が多くて、今のところは、印刷以外のジャンル開発が一番の急務です。本で始まった印刷と製紙が、それ以外に活路を見出さないと生き残れるようにならないとは皮肉なことですね」

「仰る通り。それより、これは取次からの要望なんですが、減少していくだけの書店部門に、手を貸してもらえないかと今言われているんです」

「つまり印刷会社が、今度は書店も経営するというわけですか」

「そういうことみたいですよ。本を作るには、売るところも確保しておかなければならない、そうしなければネット書店の売上を増やすだけですから。それと書店はある程度の人員が最初から必要なので、印刷、取次の余剰人員の受け皿としてちょうど良くて、利害が一致したと言うことになりますか」

「それにしても、お互い三〇代の頃は、こんな時代が来るとは思わなかった」

「それは私も同じですよ。ずっと紙の本の時代が続いていくと思っていましたから……」

第六章

無意味な会話

細井と大堂に二次会を誘われないように、そっとパーティーを抜けようと出口に近づいたところで藤崎はいきなり肩を叩かれた。見ると松田だった。

松田は確かもう六〇歳近い筈で、十年前まで有限書房の上司だったが、転職して今は中堅出版社、紀之川《きのかわ》社の編集企画部の部長になっていた。その後、二人はどちらが誘うでもなく、近くの居酒屋で話していた。

「驚いたな、久しぶりじゃないか。君もあんなパーティーに出たりするのか」

「今日はたまたまです。いつも参加する担当が来られなくなったので、その代打です」

藤崎は少しネクタイを緩めた。

「そうか、しかし、この出版不況の中でも、ああいったホテルでのパーティーがまだあるんだから、大手は余裕だよなあ」

「そうでもないみたいですよ。知り合いがあの会社にいるのでさっきもそれとなく聞いたんですが、今年か来年の受賞作がある程度の部数に達しないと、ああしたパーティーどころか、『文芸界』自体も存続の危機らしいです」

「天下の集談社とは言え、実際はそうだろうな。どこかで区切りをつけないと永遠に続いてしまうから。赤字を補填してくれていた漫画もここ最近はそんなにヒットがないし」

「漫画が文芸誌を支えていることは、業界以外ではほとんど知られていないでしょうね」

「そりゃそうだ。文芸誌は別に毎日の生活に必要なものじゃない。実は小説が出版社にとって一番必要がない代物なんだ。普通の出版社の経営者が冷静に考えれば誰でもそうなる。だが、大手のジレンマは、赤字部門と自覚していても、それを面と向かって廃止できない立場にあることだな」

これまで多くの小説の書評を新聞や雑誌に書きまくっていた松田がこんな台詞を吐くようになったことに、藤崎は時の流れを感じずにはいられなかった。

「漫画雑誌は、読者はもちろん、出版業界すべてに必要なジャンルですが、小説雑誌が必要なのは、当の作家だけじゃないですかね。私は営業の人間ですから、自社でこういう雑誌があったら、経営陣がどうこう言う前に、私の方で廃刊を主張します。ビジネス的に採算の合っていないものを続けている意味は全くないですからね。というか、そんな余裕がある版元が、今どれだけあるというのか」

「有限書房も大分厳しそうだな。雑誌も苦戦しているだろう。まあ、紀之川社だって似たようなものだが」

「私のところはご存じのように、今も昔も、趣味の雑誌が中心ですから。占いの雑誌から派生したシリーズの書籍が出ていなかったら、今頃どうなっていたか」

「いや、方向性としては正しいと今さらながら思うね。そのジャンルだけは冒険しないで、限られた人員で回していけば、それほど浮き沈みはない。アダルトだって、今はネットに取られて万全じゃないわけだし。そうなったのは十年くらい前だったかな。その頃、俺は紀之川に移ったんだ」

「そうでしたね。ネットに押されて配本部数に限界が来たときに、アダルト雑誌全盛の時代は、ある意味終わったのかもしれません。ウチも別会社名で発行していたその種の雑誌を、そのときを境にかなり縮小していたので、今思えば、これはタイミング的にも良かった」

実際のところ、アダルト雑誌は完全に売れなくなっていたわけではなく、三万部を超える書店配本ができなくなり、それを通販、ネット販売で維持できなくなったときに採算が合わなくなったのが内実だった。配本が限界というのは、夜間まで開いていた中小書店が減少していったのと、書店業界での圧倒的な女性人員のシェアだった。町中の大型書店であればあるほど、書店側の女性たちが積極的に販売するアイテムではなくなり、それも含めて販売個所である書店でその場所が確実に縮小化されていったのが原因の一つだった。かと言って、数少ない販売書店に今まで五〇冊の配本だったところに一五〇冊送品するわけにはいかない。何事にも限界があるのであれば、その頃からアダルト関連の書店販売は終わりを告げていたのかもしれない。

「まさに時代だな。俺が今の会社に移ったのは趣味の娯楽誌じゃ物足りなくなって、もっと他のジャンルを手掛けてみたかったんだな。五〇代とはいえ無謀なことを考えたもんだ。子供がいなかった気楽さもあったかもしれない。女房は昔からずっと勤めているから、尚更だったかもな」

確か以前は同人誌で小説を書いていたという松田の話を聞きながら藤崎はその通りだと思った。藤崎のように、子供が二人いて、妻がパートの現状では五〇代での転職はまず考えられない。子供がいないことは実はこの業界で生活している者には必須条件かもしれなかった。そんなに深く考えなくても、大手以外、これほど不安定な業種もないことは出版社にいれば誰でもわかる。作家がクレジットカードを作れないのと同じく、社員が住宅ローンを組める出版社は日本に一〇社もないのは事実と言ってよかった。それだけに、松田の話は藤崎にとって、転職は全く考えていないにしても、自分自身の未来図の一つのサンプルかもしれなかった。

「紀之川社さんが始めた、テーマ別文学アンソロジーの売れ行きはどうですか」

「始めるのが少し遅過ぎたかもしれない。何せ実際は、少し中身は変えたが、二十年前のヒット企画の二番煎じだからな。困ったときの過去のヒット企画、それにすがりたい気持ちは俺もわからないじゃないが、今さらというのと、内容云々より、時期が悪かった。ちょうど消費税が８％になったときだったから」

「そうですね。あれがこんなに効いてくるとは思わなかった。逆に言うと、５％の時期が長過ぎたのかもしれない。いずれ上がるのであれば、もう少し前、五年くらい前だった方がよかった。景気が悪くなってから、さらに消費税を上げるのは消費者心理から言うと、ありえないことでしょう」

「それだけ本の購買力が弱くなっているということだな。このご時世、税込一〇〇〇円台の本を買うのは、なかなか、金額的にも大変だと思うな」

「こういうことは出版業界から離れて考えた方がわかりやすいでしょうね。今の三〇～四〇代の男性の、一日の最低生活金額、大体食費ですが、平均一五〇〇円前後というデータがあるそうです。既婚、独身でこの金額には多少の幅があると思いますが、これと同等の金額を本に使わせるのは至難の業ですよ。それと、今、本は別に買わなくても読むだけなら読めるわけですから」

「つまり図書館ということになるわけだ。今の図書館は昔の図書館とはわけが違うからな」

「図書館は相当頭の痛い問題になってきましたね。書籍もですが、主な有名雑誌をほとんど入荷していることを考えると、書店の売上が低下しているとかの次元の問題じゃなく、もっと根本的な問題です。要するに、無料貸本屋として町に定着しているわけですよ。この意識を変えることはもうできないでしょう。さらに、これから定年で退職した後の年金生活では、誰でも本については図書館利用しかしなくなりますよ」

「以前から言われていたが、もはや書店で購入するのは、スピードが勝負のビジネス書と、図書館では読むことができない漫画、アダルト、娯楽誌だけというのは確かに既に現実となったわけだ」

「だから、有限書房《ウチ》はまだ保っている方なんですよ。しかし皮肉ですね。図書館に入らないような本を出している出版社の方が、まだ生き残れるなんて」

「本当にそう思うか。今言ったジャンルの本が、書店だけで売れて採算が合っているかと言うとそうでもない。要するに最後は販路の問題になるんだ。つまり……」

自分より業界経験の長い松田の話にはそれなりのリアリティーがあったが、これから後のご高説は別に聞くまでもないことだと藤崎は思った。

この松田に、その考え自体がもう古いと言ったら、どういう顔をするだろうか。定年が近い松田にそんなことを言うと、帰りの中央線に飛び込んでしまうかもしれない。

そんな心配も含めて、藤崎が松田の話を聞きながら考えていたのは、全く進展のない過去の思い出話ほど時間の無駄になるものはないということだ。この松田に会うこともうそんなにないだろう。

第七章

経費節減

受賞パーティーが終わり、作家のお見送りも一通り済んだ後、門脇と森尾都留子はホテルのラウンジでまた会っていた。話は門脇が思っていた通り、都留子の果てしない、いつ終わるのかわからないほどの愚痴だった。

「ねえ、一体、今日の私への対応はどういうこと？　一応、私はこの賞の六〇回目の受賞者なんだけど。それが、誰も私に気を遣わないで、この会社の人が話しかけていたのは今回の受賞者と、美人を鼻にかけているあの若い女作家と、選考委員だけじゃないの！」

「それは別に君だけじゃないだろう」

「それ以外の受賞者も同じ扱いだから、私にも我慢しろって言うわけ？　ねえ、あなたはそれで、平気なの？」

「そうじゃない、今はどこでも、こういったパーティーは、最近その作家が出した本がどれだけ売れているか、それだけが問題になっているんだ。君だってそんなことを知らないわけじゃないだろう」

「そう、だったら言わせてもらうけど、私の受賞作だけど。あれはどうやって受賞になったわけ、その裏を知らないとでも思っているの」

「今さらそんなことを蒸し返して何になるんだ。とにかく、君はあの作品で受賞した、その事実は動かないんだから」

門脇は都留子が言ったことを反芻しながら、三、四年前の、その受賞作のことを思い出していた。確かにあの受賞には候補のときから裏事情があった。だからと言って、それを今さら蒸し返しても仕方ない。この女はそんなこともわからないのだろうか。今となっては、門脇は都留子のこれからの扱いについて考えるのも面倒くさくなっていた。

それでも、決まりのようにタクシーで渋谷まで移動し、いつものホテルで部屋を取っていつもの行為の後で、門脇はこのパーティーの前に会社で役員から言われたことを思い返していた。

＊

そのとき、門脇はこの会社の編集総務担当、城所常務から役員室に呼び出されて、指定された時間に出向いていた。城所常務は会社ではいつも「役員」と呼ばれていて、常務の名前を呼ぶ者はほとんどいなかった。門脇が社内で役員と話をすることはほとんどなく、雑誌の一編集長と常務の間にあるのは、どう考えてもビジネスの事だけにしても、今日呼ばれた意味は薄々感じていた。もちろん、『文芸界』の売れ行き不振についてだろうが、年齢的にも退任真近と言われている役員が、そんなことに腐心しているとも思えない。

大体、この役員については社内でも謎の部分が多かった。一応は常務ということになっているが、『文芸界』の初代編集長を務めた後、「編集総務」という部署ができてからは、その部署の責任者となり、雑誌、書籍、その他、この集談社で出版にかかわることの、トラブルも含めた業務処理のすべてを担当しているとの事だった。トラブルを起こさない限り、役員と会うことはないと陰で噂されているほどで、その役員からの、ほとんど初めての呼び出しということもあり、さっきから門脇は緊張のしっぱなしだった。

役員は門脇が入ってくるなり、単刀直入に切り出した。

「君はこれからどうするつもりかね」

柔和な老人の笑みを浮かべるが、その奥の細い目は全く笑っていない。

「……どうする、と仰いますと」

「この雑誌と賞、受賞パーティーのことだ。そもそも、君はこの三つのセットで年間どれだけの予算が、いや、どのくらいの赤字を計上しているか知っている筈だが」

「ええ、それはその」

「君がはっきり言えないなら、私から、ここに決算書があるのでその部分を読んでみようか。大体、刷部数で一万部前後の雑誌に、これだけの制作費をかけていること自体がおかしいというか、異常だな。今まで、完売しても利益の出ない雑誌を出し続けていたのは、その中からの単行本の利益でその赤字を補塡してきたからだが、その図式が崩れてしまった以上、どこかで手を打たなければいけない。それを考えるのは、出版社の役員としては当然のことだ」

結局、告げられたのは、毎号、つまり毎月の赤字は人件費も入れて二千万円前後、一年で、パーティー費用も入れると計二億五千万円位になるということで、そんなことは門脇だってとっくにわかっていることだったが、この日の役員の口調はいつもと違っていた。それはほとんど命令に近いものだった。門脇は、「好きでこの雑誌に異動したわけではない」と口にしそうなのを必死で堪えた。

役員の結論は、つまり、これを打開するために、たとえば百万部単位のヒットを必ず作り出すようにというものだった。

机上の空論にしても、確かにそれが実現すれば、本体一五〇〇円であれば正味で十億、印税その他を抜いても五〜六億の粗利は出て、数字上は二年間の赤字には耐えられる。だが、果たしてそんなことができるのかと思っていたところに、さらに役員から言い渡されたのは最終通告とも言えるもので、それができなければこの雑誌はもちろん、文芸部門は廃止、門脇にも辞表を出してもらう、結論はそういうことだった。

役員からの通告の中で一番堪えたのは、毎月の赤字の中で一番先に手をつけなければならないのは「接待費」と言われたことだ。

「大体、どうして毎日、作家との打ち合わせと称した、こういう飲み屋やレストランの飲食代が計上されているのかね」

「それは、役員もご存じな筈で……何というか作家との付き合いで必要不可欠のものと言いますか」

「私も以前はそういうことをしていたから、実体は知らないことじゃないが」

そういえば、この役員は門脇の文芸誌の初代編集長だった。

「もう時代が違うんじゃないか。昭和40年代には流行作家がいて、その本の売上も確かにそれなりだったから、そういう接待費もわからないこともなかったが、今は2016年だからな。君も知っているように、今日本で売れている作家は一〇〇人もいないだろう。その中の先生だったら、私もここまで言わないつもりだったが、そうじゃないんだろう」

確かに役員の言う通りだった。それ以外の売れていない作家との打ち合わせに金を使うから文句を言われているわけで、立場が違ったら門脇も同じことを言っていただろう。

「それはそうですが、その中の一人がこれから売れる作家の中に入るかもしれませんから」

「だったらその中に入ってから接待したらどうだ。そういう、どうなるかわからない作家たちにタダ酒を飲ませている余裕は、もうウチの会社にはないんだと君にも認識してほしいもんだな」

「わかりました。できるだけこれからはそのように致します」

「できるだけじゃなく、現実的に、早急にそうしてもらいたい。早速次号から、接待費は半分にさせてもらう」

「それはちょっと」

「そこまで有能な作家がいるのだったら、君が自腹を切って面倒を見てやったらどうだ。実は先日、新英社、講学社の役員とも同じ話になったが、同じことを言っていたよ。それで縁が切れるような作家なら、それだけのことだ。作家にも直接本当のことを言った方が良いと思うな。本が売れず我が社の現状が厳しくなって費用が削られるようになったと。実際そうなんだから。他の出版社でも実情から考えて対応は同じことで、作家も言えば理解してくれると思う。それと、この機会に言っておくが、毎月7日に発売になる文芸誌だが、五社会の出版社がたまたま発行しているから、その日に刊行することが戦後から申し合わせたようになっているが、我が社はこの雑誌を廃刊にして、その中から外れても一向にかまわない方針なので、君にもそのつもりでいてもらいたい。そんな面子にこだわって利益の出ない雑誌を続けていく余裕は、もはや集談社にもないということだ」

「廃刊、ですか……」

ここまで言われると、門脇は一言も言い返すことができなかった。今日の役員の言動はいつもと違う。それだけ危機感があるということだろうか。だが、文芸誌の編集長にそこまで言うこともないんじゃないかと思っていると、役員はさらに続ける。

「さっきの作家のタダ酒のことだが、君もその場にいるわけだろう。だったら、君の分は君自身が払うべきじゃないのか。作家同様、出版社の文芸雑誌の編集者も同じことで、これほど浮世離れした職業はないいんじゃないかと思うが、どうかな。ハッキリ言うと、そういう酒が絡んだ打ち合わせと称したものは接待であろうとなかろうと、実績のある作家とのものに限らせてもらう。それを徹底してくれるなら、そういう接待費は、原稿料、管理費とは別会計にしてもいい。それと、いい機会だから、先日、社長参加の役員会議で決まった、もう一つの懸案点もここで伝えておこう。『文芸界』から派生する単行本の印税だが、半年以内にすべて売れ高払いにしてもらう。これは『文芸界』だけではなく、我が社で発行する書籍のすべてに適応させるつもりだ」

「売れ高払いと言いますと」

「言ったとおりの意味だ。つまり、初版部数×税抜き定価×印税率の半分を刊行日の翌月末に支払う。残りは、清算が終わった七ヵ月後に、総実売部数から先に支配済みの半分を差し引いた部数分を支払う。もし実売が仮に、半分に満たない場合でも、その分は返却する必要はない。要するに、最低半分は保障するというわけだ」

「それはちょっと」

「いや、もうこれでないとやっていけないので、原則として例外はないことにしたい。

それと、増刷になった場合はその時点で初版はすべて売れたという解釈になるので、今言った売れ高払いは当然適用外となる」

「でも、それで作家側が納得するかどうか」

「納得させるのが君の仕事の筈だが。もし納得しない作家がいたら、自社では出せないので、他の出版社で出してもらったらどうかね。今はどこの出版社でも同じような事情だと思う。勘違いしないようにしてもらいたいが、当然、さっき話した、今、日本で売れている作家は最初から別枠だ。そうではない、能書きが多くて、プライドの高い、でも本が売れない、老害ともいえる年齢の作家たちがいるだろう。今言った売れ高払いの導入は、出版社の経営という点から見ると、タダ酒代も含めて、そういう連中を一掃する意味もある」

何も言い返せない門脇に向かって、役員から最後のトドメの一言があった。

「だから、そういう状況だということを念頭に、先ほど言ったことに加えて、さらに、一〇〇万部のヒットがすぐに必要なわけだ。よろしく頼むよ」

その後、門脇は役員から〝別件〟として、近々ある人物に会うようにと言われた。その人物に連絡を取って会ったのは、このパーティーの前日、昨夜のことだった。

第八章

１００万部プロジェクト

門脇が役員からの紹介で連絡を取ってその人物、加治木《かじき》に会ったのは、まだ夜も早い19時、その広告代理店〈電報堂〉に近い、東銀座のホテルのバーだった。代理店も最近は朝が早く、夜も早いということで、完全に朝方社会になっているらしい。その一つの理由は各部署で海外出張が多いことから、相当数の社員が常時時差ボケ状態なのでそうなったとのことだった。

先に着いていた門脇はビールを注文していたが、加治木は紅茶を頼んだので、少し気まずい思いだった。その加治木は、一見どこにでもいそうなサラリーマンというより、身ぎれいな体裁はほとんど銀行員のようだった。余計なことは全く口にせず、しかもほとんど無表情で話すのは仕事柄なのか。

話の初めは加治木からだった。

「一応、今回の件については大体理解しているつもりです。門脇さんがどういう理由で連絡してきたかについても、既に御社の役員から一部始終を聞いています」

「そうですか。何というか、無理難題と言ってもいいようなご相談ですが」

「そうでしょうか。要するに結論としては、その期日までに、想定した利益を捻出する本を、部数は100万部でしたか、こう言っては何ですが、それを人為的に作り出せばいいだけでしょう」

まるでコンビニで飲み物を買ってくるような気軽さで話す加治木には何ら誇張もなく、

単純に事務的な結論を述べているようで、門脇は不思議な感銘を覚えた。

　この男は、１００万部売るということが、この業界でどれだけ奇跡的なことであるか、どこまでわかっているのだろうか。確かに初めて会うタイプの人間だった。少なくとも出版業界には絶対にいない思考の持ち主と言ってもよかった。

「極めて単純な話です」

　と言って、紅茶に口をつけぬまま話し始めた加治木の話は、門脇には全く想像もつかない、違う世界の、違う次元の話だった。

「まず大前提として、私が調査した限りでは、小説だけで１００万部を出すのはちょっと難しいようですね。〈１００万部突破〉と出版社が謳っている本でも、実際の売れ行きは五〇万部以下のタイトルがほとんどでした。まず、ドラマでも映画でも映像化されないとその原作としての小説がその部数になることはないと思われます。ですから、今回は逆から考えていきましょう」

「逆から、とはどういうことですか」

「本を出して映画化を待つのではなく、最初から映画化を前提、もしくは想定した原作になる小説を書いて出版するということになります」

「原作と言うか、プロット、シノプシス的なものですね」

「そう言っても同じことですが、原作のない、映画オリジナル脚本のストーリーを小説にするということがあるでしょう」

「つまり、ノベライズですか」

「そちらの世界ではそう呼ぶらしいですね。そういった小説化したようなものを最初に書いていくことからスタートするという順序になります」

少し異質な発想だったが、一理あることだった。最終的にノベライズにするのならば、確かにそういった原作になる小説を逆に最初から書いておけばいいわけで、その意味合いは全く同じことになる。

「そうすると、そういったノベライズ的な原作を書くライターを探す必要がありますね。私の今の仕事相手は、少なくとも一応、作家と称する人たちなので、そういったことが出来る器用なのがいるかどうか」

「でも、作家と称する人でも、金額によっては引き受けるんじゃないですか。いずれにしろ、内容、映画化の段取りも済ませて、改めて相談させていただきますので、一週間もらえますか。私の方から連絡を入れますので、それまでお待ちください」

——といった話をしたのがちょうど一週間前で、そろそろ連絡があるなと思っていると携帯が振動した。

＊

指定された場所は、〈電報堂〉の会議室ではなく、六本木のホテルの個室ビジネスルームだった。指定された時間に行くと五人の男たちがいた。名刺交換とともに、その人物概要、役割は紹介されても、出版社の人間としては、初めて聞いた職種もかなりあり、門脇は今自分が、全く知らない世界と接していることがよくわかった。

「ご紹介します。こちらから、プロット担当、以下同様に、シノプシス担当、ダイアローグライター担当、シナリオ担当。映画プロデューサーは、もちろんこの映画の製作総責任者になります」

そして、シナリオを元にしたノベライズ担当として、出版社側から門脇、ということだった。

「驚きましたね。こんなにメンバーがいるとは。本日はシナリオライターの方と映画のプロデューサーだけかと思っていましたが」

「普通の映画化の場合はそうでしょう。本来なら監督もこの場にいなければならないのですが、今回は普通の話ではありませんから」

「そうですか。それにしても、ご紹介いただいた他の方の担当について、もう少し説明してもらえませんか、こうした打ち合わせは初めてなものでして」

「このメンバー構成はハリウッド作品では当然のことです。まず、プロット担当ですが、これは映画そのもののあらすじの大元、その仕組みを考えるところで、言わば〈原案〉を作り出す役目です。シノプシス担当は、その原案を元に、全体のストーリー立て、つまり、全体のストーリー展開を考えることになります。ダイアローグライターはシナリオの中の会話部分の専門ライター、シナリオ担当は、以上の担当別の部分をすべて取り入れてシナリオの形式に仕立て上げるシナリオ作成者、いわゆるシナリオライターです。日本映画にはなくてアメリカ映画にあるものがこのプロット担当、シノプシス担当、ダイアローグ担当でしょうね。今までは、原作がある場合は、そのプロットを作家が担当し、シノプシスはシナリオライターとプロデューサーが考え、ダイアローグは作家とシナリオライターが兼任していたわけです。そうじゃない場合もありますが、アメリカ映画の場合これらはすべて分業制です。これを元に、配給別収入、ソフト化された場合の印税の配分を説明してみましょう」

そう言って加治木は、ノートパソコンを開く。

○映画オリジナルの場合
プロット担当　30％
シノプシス担当　15％
ダイアローグライター　15％
シナリオ担当　10％

プロデューサー　30％

○原作のある場合
原作者　35％
シノプシス担当　10％
ダイアローグライター　10％
シナリオ担当　10％
プロデューサー　35％

加治木の話は聞けば聞くほど、映画製作とヒットの仕組みばかりで、これが本のベストセラー作りと一体どんな関係があるのかと首を傾げずにはいられなかった。だが、加治木の話にはそれなりの説得力もある。門脇は、自分も既にそのジャンルに足を踏み入れていることを感じざるを得なかった。

門脇にとっては、契約書一つにしても、聞いていると、映画製作の契約書の中の契約条項の一つとしてノベライズがあり、それが今回のベストセラープランのことだと気づくまで、ずいぶん時間がかかった。確かに、加治木の言う通り、１００万部売れることを前提として、逆から考えていかなければこういったことは成立しないのだろう。門脇にとっては、自分の役目はこのプロジェクトの中のノベライズだけなのだということも同時に思い知らされた形になった。これが、これからの出版のビジネスモデルの一つになるのであれば、ノベライズ担当も別に自分でなくてもいいことになる。そうすると、これからの自分の仕事はどうすればいいのか。何か他にできることがあるのだろうか。

門脇もそれなりのプライドがあって編集長の業務に従事しているつもりだった。だが、文芸界賞受賞作家の受賞作を始めとして、次作がことごとく売れず、一発屋状態にいる。他社でも同じようなものだったが、だからといって自分の立場がいつまでも優遇されているとは限らない。

その危機感もあり、今回の役員の話に唯々諾々と応じるしかなかったが、これがうまくいけば一応社内的には実績として認められ、とりあえず向こう二年間は今まで通りの毎日に戻るだろう。そのことでも、今回のプロジェクトは門脇にとっても絶対に失敗できない、背水の陣とも言える大一番になる。まったくもって面白くはないが、ここは笑顔で切り抜けようと自分に言い聞かせていた。

第九章

出版の適性

最初の打ち合わせが済んだ後、門脇と加治木がこれからの予定を話していたとき、あることから、加治木が昨年までは参院選の民生党の裏の選挙参謀だったことを知った。

「広告代理店は何でもやるという噂は本当みたいですね」

「当たらずとも遠からずというところですが、確かに仰っているような部分はあるでしょうね」

「加治木さんの中では、選挙参謀も、今回の100万部のベストセラー作品を出すことも同じことなんですか」

「本質的には同じです。クライアントからの注文、提案に応じてその回答を見つけるという意味では。そういえば、まだ言っていなかったかもしれませんが、会社での私の部署は文化事業本部で、所属は〈企画開発第1課〉というところです」

「他にも同じような案件を担当しているわけですか」

「ちょっと内容は違いますが、5課までありまして、2課は、民間イベント担当、スポーツからコンサートまで国内のイベントすべてです。3課は政府イベント担当で、オリンピックとか、サミットの担当、4課は主なものは知的財産権、特許が中心ですが、それに関係するすべてです。そして、5課が通称〈伏魔殿〉と言われているところで、何をする所か私も知りません。政治関係とも言われていますが、この部署の人間にはまだ会ったことがないのです。もともと第1課も、5課のサポート的な部署だったらしいんですが、5課にある案件ができて、業務の一部を1課に移したと聞いています。本来は、選挙キャンペーンとか政治関連が主体ですが、それにまつわる民間企業の準備とそのお手伝いの業務もあります。今回、門脇さんところの件も、実は民生党の上層部からの指示がありまして、それで私が担当することになったとのことでしたが、ご存じでしたか」

「いいえ、私は弊社の役員に加治木さんに会うように言われただけで……」

加治木は時々、相手を小馬鹿にしたような笑みを浮かべることがあるが、先日から、ずっと仕事で一緒にいることが多いせいか、加治木が「準備とそのお手伝い」と言うと、どうしても、「策謀と裏工作」のような意味に聞こえてくるから不思議だ。

「その役員の方、城所さんはずいぶん前ですが、以前、学生時代に民生党の田丸先生の秘書のお手伝いをされていたと聞いています」

なるほど、これで大体のことがわかってきたと門脇は思った。

役員は今回の打開策の保障の意味もあってツテを頼って、加治木に話を持ち込んだのだろう。そこまでしないと実現しないことも確かだが、役員にこんな人脈があるとは。確か退任も時間の問題で、任期はあと僅かの筈だった。

＊

次の日、門脇は加治木との仕事の報告も兼ねて役員の部屋を訪ねた。報告しているうちに、どういうわけか役員との話は違う話題になっていった。

「そういえば、君は確か、早稲田の出身だったな。学部はどこだ」

「改まって言うのもなんですが、文学部です」

「そうだろうな。以前より、出版社に入るのは、有名私大の文学部出身が大半だった。しかし、」

「しかし、何ですか」

「ここ二十年前後、私も編集総務として、新入社員の面接をしているだろう。昨日もそれがあって、それでいろいろと考えることがあってな」

「と言いますと」

「今更ながら思うのは、この出版という職種は、学歴に全く意味がないということだな」

「そうですね。確かに学歴がこれほど比例しない業種も珍しい。特に、作る本の収益の面で言うと尚更です」

「あと、政治家もそうだな。高学歴なのは周りのスタッフで、中心はそういうインテリじゃない方がうまくいくのは日本の鉄則だからな。そう考えていくと、採用する側から見るなら、今も昔も学歴が一番通用するのは、出版は論外にしても、かといってメーカーでもなく、やはり官公庁だろうな。東大法学部を出て、出版業界に来る者はまずいないだろう。その学歴がなんとか正比例するのは学術書の分野だけだからな。だが、その学術書がそれ相応の利益を出すことはほとんどない。だからこそ、学術書なんだろうけどな」

役員の話は実は出版業界では誰もが認識していることだった。門脇にもその経験があって、以前、東大文学部の大学院卒が何かのコネで入ってきたら、これが全く役に立たない。冗談ではなく、本当に今まで本しか読んできていない人間で、やはり君には研究者の道が一番だと言い聞かせて、配属半年でお引き取り願ったことがあった。

一番困るのは、まず世の中を全く知らないことで、本で世間を知ったつもりでいるから、いわゆる一般常識というものが最初から欠如している。また挨拶すらできないから、人に物を頼む方法がわからない、つまり原稿の頼み方を知らない。さらに言うなら、最近は〈コミュニケーション障害〉というのか、すべてをメールで済ませ、電話を嫌う編集者も増えてきた。こんなことは挙げていけばきりがないことで、役員の話は至極もっともなものだった。

「君は年齢的に知っているかもしれないが、以前、岩風《いわかぜ》書店で、東大教授のある専門の学術書を刊行することになって、その岩風の担当編集が、偶然同じ東大の同じ学部の人間だった。年齢はほぼ同年で、本の内容について打ち合わせしているうちに、同じ学部内の研究内容なので、ここはこうした方がとアドバイスしていたら、その教授の方から、君が書いた方が早いんじゃないかと言われて、本当にその担当は岩風書店を辞めて、大学に入り直し、何年か後にそれと同じような本を出版したというんだ」

「その話は私も聞いたことがあります。あり得る話ですよ。つまり、そのジャンルでは、書いている方と、担当している編集者の頭の程度が同じということでしょう」

「それが見事に証明されたわけだ。これは学術書の分野ではよくあることだが、同じ出版業界でも、他の分野ではこういった学歴が、従事している業務と正比例することはほとんどない」

「そうですね。学歴に比例して売れる本が出せるのなら、東大文学部を首席で卒業した人間は誰でもベストセラーを出せることになる」

「だが、何故かそうならない。ここが出版の不可思議なところで、面白いところでもある。ぜひ、一番収益率の高いコミックスはすべて高学歴の者に担当してもらいたいもんだ」

「でも、その漫画が、その一番学歴と縁遠いところにある産物ですからね」

「言う通りだな。そんな奴に担当させたら、それなりに売れていた漫画が逆に売れなくなってしまうじゃないか。そんな無駄なことをさせている場合じゃない」

要するにその連中は、単に頭が良くて勉強して試験ができただけなんだな。他の業界では歓迎されるものが出版社では逆にマイナス要素となるとは考えもしなかっただろう。それと、学歴も含めて、新入社員の出版社の人間としての適性は入社してからでないとわからないとつくづく思うな。よく教師、医者、警官、自衛官、公務員、政治家になる者の半分以上は親か近親者にその関係者がいると言われているが、出版についてはそんなことはまずない。作家の親戚関係の入社は、君も知っているように我が社でもそれなりにあるけどな。私自身、親は普通の勤め人で、本についての興味はもちろんあったが、出版社に入れることができれば、くらいの気持ちだった。当時も狭き門だったが、１９６３年の私の入社時の採用は自分を含めて八人だった。応募が二〇〇〇人もあって、入社できたのはまさに偶然だった」

「多分私もそうですね。ですが、役員は、学生時代に議員さんのところでアルバイトをされていたとか。それが後押しになっているんじゃないですか」

門脇は先日、加治木から聞いたことを話してみた。

「それはどうかな。それより、これは自分が面接官のときには特に留意していたことだが、たとえば、あまりにも文学至上主義のような、文学青年的な学生は逆に絶対に採用しない。文学的信念と仕事が両立することはまずないからな。こういうのは面接でわかるからすぐ選外になるが、一番困るのは、面接がすべてではないということだ。以前、十年前に、君も知っている例の問題社員がいただろう、あんなに協調性のない奴だとは面接ではわからなかった。つまり、私も含めて誰も、その本質を見抜けなかったんだな。あの件は私も反省している」

十年前、研修を経て雑誌の編集部に配属されたある社員が、どういうわけか雇っていたアルバイトと、その後の後輩である新入社員をことごとく辞めさせてしまっていた。これが十回以上続いた後、その協調性の無さがそのまま、その社員のある種の自分本位思考につながっていることがわかったときはもう遅かった。この件の処理については、珍しく組合とも見解が一致して、ある取材時にトラブルを人為的に作って、その問題社員に責任を取らせる形で、懲戒免職に追い込んだ。

このシナリオを描いたのは最終的には役員だったが、あえて刑事事件にまでした理由は社外ではほとんど知られていなかった。この件の発端が、役員も立ち会った面接から来ていることで、役員にとっては今になっても後悔の一つとなっているらしい。

「あの問題社員は、役員でなくともわからなかったと思います。特殊な例外です」

だが役員は、問題社員の件以降、あえてそういう個性的な社員を取らなかった時期があり、その中でも一番無個性な、あまり主張のない人材を採用していて、門脇自身がその一人だったとここで言ったら、目の前で話しているこの男はどう反応するだろうかと考えていた。

「そう願いたいところだ。ということで、私が面接の担当役員の一人になってからは、特にその協調性を重視しているつもりだが、それ以外に広告関連のコネなどで、どうしても断れない奴がいる。出来の悪い奴なら週刊誌の編集部に放り込んでおけば、自分で不祥事を起こしていずれ辞めるからまあいいんだが、これがそうでないと、また高学歴になればなるほど始末が悪い。不祥事を起こさない限り、面と向かって辞めろとは言えないからな。

特に最近は何かというとすぐ〝ブラック〟の大合唱だ。まさに、出版にとって学歴は却って邪魔だな。リストラのときは、真っ先にその高学歴の連中から辞めてもらおうと思っているくらいだ。

それと、昔もそうだったが、今の時代になっても編集志望が多過ぎる。作る方ばかり増えて、売る方の人材が不足しているのでは、今の出版状況では完全に本末転倒だろう。何か勘違いしているんじゃないか。本を作ることに従事しているというか、そういう仕事をしていることが、他の業種とは違う〝知的な仕事〟だと錯覚している者が多過ぎる。そういう勝手な思い込みで本を作っている編集者ほど、売れないものばかり出して平気な顔でいる。出版社にとっては問題外の何ものでもない。

出版社も本質は、ある会社の一つで、一企業に過ぎない。本はただの商品ではない、文化事業だという能書きももう聞き飽きたし、そういう考えを抱いている出版人はもう生きていけない。一つの会社として出版社をどうやって維持していくか、それを考えるのが今の本当の出版人じゃないか。今更何か時代錯誤的な、間違った出版幻想を持ち込まれても困る。それと、私は編集志望の新人には、これから入社以後最低三年は、営業もしくは書店研修を義務づけて経験させるように以前から考えていて、来年からこの方針にするべく、社長にも打診中だ。君も肝に銘じておいてくれ」

ここまで話した役員は、門脇が退出した後、久しぶりに入社してからこの会社で今まであったことを想い返していた。

＊

役員こと城所が集談社に入社したのは昭和38年、1963年だった。この年度に、大卒でもない役員が二十歳で編集補助として契約社員扱いでも入社できたのには、学生時代に民生党の田丸議員の選挙運動を手伝った経緯があった。紹介されたのは遠縁の親戚からで、選挙が終わった後、議員秘書から就職を世話してもいいと言われ、総会屋、電機メーカー、出版社の中から選んだのが、集談社だった。在学中だったが、中退に近い状態になっていた城所としてみれば、この時点で大学を中退して就職した方が得だと考えた。既に就職難だった昭和30年代当時、大学中退の身で就職が決まるというのは、ほとんど奇跡のようなものだった。最初は編集補助として書籍部で文学全集などの部署をたらい回しにされていたが、時間が経つにつれて、自分の入社には何か理由があったのではと思うようになった。その予感は、入社から十年経った頃、〈編集総務〉という部署が会社でできたときに現実となった。

どうやら選挙運動の時の、人あしらい等の差配を買われたらしい。つまり、いずれ集談社も大きくなるにつれて出版に関するトラブルが増えてくる。会社では顧問弁護士は雇ってあるが、それとは別に会社側に立って処理する専門の部署が必要になると考えて、その部署に城所が抜擢されたというのが真相だった。

実際、〈編集総務〉という部署は、トラブル処理から始まって、いろいろなことを処理するには便利なところで、最終的には総務の業務である総会屋との折衝も一任されるようになり、六〇歳定年時に「役員」の肩書が付与され、自動的に雇用延長となり今に至っている。もうすぐ七三歳になる身としては、そろそろ体力的にも退任したいと思っていたが、長引く出版不況と集談社周辺の予断を許さない経営状況もあり、退任を躊躇する毎日が続いていた。


役員室を退出した門脇も自席に戻って、先ほど役員に言われたことについて考えていた。ここまで役員と話が合うのは皮肉としか言いようがなく、今日も聞いている限り、珍しく役員の言うことには間違いがない。

たとえば、学歴は出版には何も関係がないということを新入社員の面接でそのまま言ったらどうなるだろうか。そのくらい、売れる本の作り方にこれほど方程式のない世界もなかった。小説、文芸の世界では尚更で、だからこそ文学賞の意味が必要以上に大きくなっているとも言える。小説のヒットは、最初は文学賞の受賞作から始まるのは業界の常識だったが、それがなくなると、このご時世で書籍、特に小説を売るのは並大抵のことではない。異例のケースとして思い出すのは、２００３年にヒットした『世界の中心で、愛をさけぶ』で、人気若手女優が「泣きながら一気に読んだ」とブログでコメントし、それを帯に使ったことから火がついた。初版は八〇〇〇部、二年かけて100万部突破し、映画化されて、さらにミラクルヒットとなった。あれは奇跡中の奇跡だが今は、文学賞より、WEB小説からしかそういうヒットは生まれないとまで言われている。

そう考えると、文芸を主体にしている部署は大手出版社でも維持するのは大変だろう。そんな役員の話を聞きながら門脇が思い出したのは、以前、有限書房の藤崎から聞いたことだった。

それは、藤崎の会社に広告代理店から転職してきた女が、よりによって門脇の同僚の、東大卒の編集者と、どこで知り合ったのか、十年ほど前に結婚したことだ。その男の収入が目当てだともっぱらの噂だったが、最近その男の部署は、受賞作等のヒットがなく、業績が急速に悪化して、副部長であるその男は、既にリストラ対象者のリストに入っていることを門脇は役職的に知っていた。今の役員の話だと、その男がリストの筆頭になることは間違いない。そのとき、あの女はどういう顔をするのだろうか。バツイチだったその男との間にはもう二人の子供がいて、文京区に一戸建てを買っている。今が一番金がかかる頃だろう。門脇も、今回のプロジェクトが失敗すると、自分も同じ境遇になるかと思うと、とても他人事とは思えなかった。

第十章

策謀

門脇は今日になっても、昨日、加治木と打ち合わせたことを反芻していた。

「つまり、売れるプロットを内包したストーリーにはどういったものが今有効かということです。これがわかれば、それに沿ったシノプシスを小説と並行して作っていけばいいわけで」

「面と向かってお聞きするのも何ですが、その売れるプロットとは、どうやって見つければいいんでしょうか」

「そうですね、つまり」

それから加治木がノートパソコンを開いて披露したコンセプトは、それがそのまま一冊のビジネス書になりそうな内容だった。

「つまり、今、何が求められているか、それをある程度、ビッグデータ等を使ったリサーチとマーケティングによって探す。これがまず一点です。これである程度のヒットは作り出せます。既にヒットしているものからの最大公約数的な要点の抽出ですから、結果はある程度予想できます。映像の製作も並行していけばさらにその確率は高くなります。ですが、最近は、その反対の発想から出てくるヒットが多いんです」

「反対とは?」

「つまり、二項対立のもう一点をヒットに仕立て上げるということです。抽象論ばかり言っても仕方ないので具体的に言いますと、最初の一点が仮に〈恋愛小説〉だったとすると、その逆、悪人と言うか、犯罪者を主人公もしくはテーマとしたものということです」

「そこまで極端に考えるんですか」

「これは当社顧問の心理学者チームもデータを出していますが、恋愛ブームのときは、その真逆のダークサイド的なものが受けるというか、インパクトが強いらしいです」

「まあ、それはそうでしょうけど」

「これは一例です。まず現在の潜在的なテーマを一つ取り出して、それを元に考えていくということです。現在調査中なので、来週の同じ時間に、またここでお会いできますか。そのときにはそのデータベースをお知らせできると思います。それと、お願いしたいことがあります。門脇さんの方で、そのときまでにノベライズに適した作家の候補を何人か探しておいてほしいんですが、心当たりについてはその後どうですか」

「ええ、まあそれはなんとかなりそうです」

　門脇にしても、内容にもよるが、職業柄、年齢的に若者向け（？）であれば、作家以外でもそれなりの候補は、いつも何人かは用意していた。そう考えていると、加治木からは意外な提案があった。

「読者層は最初から、四〇代以上を想定してください」

「というと」

「その下の二〇～三〇代はもう全く活字を読まないんです。最近の調査では、本を全く読まない大学生が45％、二〇代でも30％強という結果が出ています。漫画さえも読まない。ご存じかもしれませんが、私の方の調査でも、漫画の中心読者層は実は四〇～五〇代ですから」

加治木の指摘から、読者層を四〇代に設定することになったが、考えてみれば自分もその中心層であることを門脇も自覚せざるを得なかった。確かに、今の四〇～五〇代の考え方はもちろん、趣味、嗜好も昔の同年代とは全く違う。門脇自身、文芸誌を担当していながら、どこまで職業的な範囲かわからないにしても、定期的に漫画を読む習慣が今も続いている。シニア漫画ということではなく、かつて漫画を読んでいた世代がそのまま十～二十年、歳を重ねているだけなのは以前より気づいていた。もはや青年コミック誌を読んでいるのは中年以上なのだ。そうすると、このノベライズの中心読者層が四〇～五〇代あたりだとすると、テーマは何が相応しいか、いやテーマは加治木が提供するといっていたから、自分はノベライズの作家を探すだけでいいのか。

逆に、門脇から加治木に質問したことがあった。

「そのノベライズ担当ですが、性別はどちらでも構いませんか」

「女性向けであれば女性で全く構いません。それと、出版業界でよく言われてきた〝女性が読まないとベストセラーにならない〟というのは根拠のない噂に過ぎません。男が読んで面白くないものは、女性も読みませんよ。また、女性が読んで面白いものは当然男にも読まれます。従来の固定観念を、すべて外してもらった方が良いと思います」

加治木の説明を聞きながら、もし女性向けのテーマだったら、とりあえず門脇が考えていたのは当然、都留子の存在だった。そして、もう一人、門脇が思いついた人物がいた。

飯田という人物で、藤崎に紹介されたのが知り合うきっかけだった。藤崎の元同僚とのことだったが、その後、やたらとなれなれしい口調で連絡してくるので、藤崎に苦情めいたものを告げると、詫びのメールが来た。

「すみません。一度、大手出版社の文芸誌の編集長に紹介してくれと言われていたものですから。門脇さんを気軽に紹介してしまって後悔しています。以後は無視してもらっても構いません。以前の同僚だっただけですので。それより、この機会に完全に小説家を諦めるように、門脇さんから最後通告的に言ってもらった方が良いと思うのですが。何せ、毎月どこかの新人賞に応募している、いわゆる投稿マニアのようなものです。私は、どこか誇大妄想的なところがあると思っています」

門脇が実際に飯田に会ったのは、それから一週間後のことだった。しかし、話をしているうちに、この飯田と縁を切るわけにはいかなくなってしまったのだから、世の中はわからない。それどころが、門脇が職業柄一番警戒していた「借り」を作ってしまったようなものだった。

二度目だからなのか、飯田はさらになれなれしく、「やあ門脇さん、久しぶり」と右手を挙げる。その瞬間、この人物を紹介した藤崎を呪った。門脇はなんとか今日で引導を渡すつもりでいたが、なかなかそのきっかけがつかめない。そのうち、飯田は煙草を吸いながら、これは世間話なんですが、と違うことを話し始めた。

「そういえば、門脇さんは森尾都留子さんを発見した、育ての親に当たる人だとか」

「そんなことはありません。たまたまですよ」

「そうですか。私が聞いているところでは、門脇さんと森尾さんは男と女の関係で、そのことで文芸界賞を受賞できたということですが、本当なんですか、それは」

何でそんな話をあんたから聞かされなきゃならないんだと門脇は激昂する寸前だったが、飯田は狡猾そうな表情を浮かべて、さらに意外なことを口にし始めた。

「いや、その証拠と言うか、現場の映像が、どういうわけか私の手元にありましてね」

飯田はヤニだらけの歯を見せながら、慇懃無礼に説明し始めた。

「誤解のないようにしてほしいんですが、これは別に脅迫でも何でもありませんから」

そういうことを脅迫と言うんだと言い返したかったが、努めて冷静に対応する。

「先ほどの映像と言うのは、誰かから私に送られてきたものなんです」

「いい加減なことを言わないでくださいよ」

「いい加減も何も、送られてきたのを再生してみたら、ホテルか何かの個室で、門脇さんと中年の女性が話し合っている映像だったんです。私にしてみれば、先日紹介されたばかりの門脇さんが映っていたんで吃驚してね、さらによく見ると、女性の方は、森尾都留子だ。それで、これはまずいんじゃないかと連絡しようと思っていたところに、先週、門脇さんから連絡があったので、てっきりこのことかと思ったんですが」

逆に墓穴を掘ってしまったわけだが、そんなものをこの男に送ってきたのは一体誰かというより、何の目的で、自分の行動を調べて録画したのか。

「それで、この映像が入ったＵＳＢメモリ、どうしましょうか。私の方で処分しておいた方がいいでしょうか。それとも、門脇さんにお渡しした方が良いのかなあ」

「そうですね。この場で私に渡していただければ有り難いです」

「その前に、ちょっと門脇さんにお願いがあるんですが」

そら来たと思ったが、無下に断るわけにもいかない。その要求は何かと思っていると意外な提案をしてきた。

「実は、以前より書いていた、自分で言うのも何ですが、自信作がありまして、それを門脇さんに読んでもらいたいんですが、いかがでしょうか」

何だそんなことか、と安心していたが、後になって門脇は、自分はそのとき既に相手側の罠に嵌まっていたのかもしれないと考えるようになった。

「わかりました。読ませていただきます」

「どのくらいで感想を聞かせていただけるでしょうか。枚数は五〇〇枚なんですが」

五〇〇枚か、その時間をどうやって捻出するかだが、一応読んでみないとこの男は納得しないだろう。感想を述べるときは、ついでに引導を渡すいい機会にもなると思い、その時間を急いで計算していた。

「そうですね、五〇〇枚ですと、私も毎日の仕事があるので、今月号が校了した後に、その時間を作りますから、一ヵ月後でいかがでしょうか」

「ありがとうございます。よろしくお願いします」

このときの馬鹿丁寧な対応の意味をよく考えてみるべきだったが、そのときは何もわからない。二日後、飯田から送られてきた小説の原稿は、読み進めていくうちに、これが誰に向けて書かれているのかがわかってきた。

これは明らかに門脇自身に宛てて書かれたもので、小説の主人公はまさしく門脇そのものだった。門脇をモデルにしたその編集者が立場を利用して、作家志望の女性をターゲットに、作家デビューを餌に落花狼藉の限りを尽くす、かなり官能的な出版業界内幕小説ともいえるものだった。良くも悪くも目が離せなくなり、いつのまにか門脇は校了日を無視して最後まで読み終えていた。この小説を自分に送りつけた飯田の意図はどこにあるのか。門脇が考えを巡らせていると、ちょうどそのとき、都留子からラインが入った。思わず汗をかく。久しぶりに会いたいとのことだったが、門脇はその飯田の一件のこともあり、気が重かったものの何となく今日は都留子のことを邪慳にする気になれなかった。

第十一章

裏工作

門脇が都留子と会うのはいつも渋谷のホテルだったが、今回は、例の飯田の小説の話をしなければならないし、役員から言われた経費削減で領収書が落とせるかどうかはともかく、珍しく麻布の高級和食屋の個室を指定すると、都留子は上機嫌だった。

「どうしたの、こんな場所にするなんて、何かあったの」

「たまには真面目に小説の話をしてみたいと思ってね。君の次の作品のこともそろそろ決めなきゃいけないし」

もはやそんなつもりは毛頭なかったが、この女はそういう理由がないと、話に乗ってこないことは今までの付き合いでよくわかっていた。

「そうなの？　実は、私も次の作品について、ちょっとアイディアがあるの」

「アイディアって？」

「他の出版社に持って行こうかと思ってたんだけど、でも、このアイディアはあなたにも関係があるので最初に断っておかないといけないと思って」

「僕に関係があるというのはどういうこと？」

「あなたをモデルにした小説を書きたいの、ダメかしら」

「まさか、僕のような編集者がその立場を利用して、作家志望の女性に、デビューとか受賞を餌にして、良からぬことをしようとするような内容じゃないだろうな」

「ええ？　どうしてわかるの、私、本当に今、門脇さんが言った通りのような内容を考えていたの。さすがね」

「……同じような内容の小説を書いているのがいて、最近読んだばかりなんだ」

「でも、誰でも少しは考えそうなアイディアだけど」

「それは僕にもわかっている。それより不思議なのは、その主人公の編集者の言動、口調、設定が、明らかに僕そのものなんだ。読んでいて、自分の毎日の行動を監視している誰かがいるんじゃないかと思ったくらいだ」

「何それ？　じゃあ、もしかして私のことも書かれているというわけ？　気持ち悪いわね。その小説を書いた人は誰？　私も知っている人？」

「いや、応募原稿の一つだから、一般的にも業界的にも無名の人だ」

「そう、しかしそこまであなたそのものを主人公にした小説を書いて送ってくるということは、何か他に意図があるんじゃない？」

「意図というと？」

「つまり、少しでも受賞に向けて印象づけたいとか」

「それだったら、むしろマイナスイメージになるんじゃないか。まず、僕自身がそんな作品を受賞作として推薦することはない。ほとんど名誉毀損ものだからな」

「でもちょうど今、次の文芸界賞の応募時期だから、その一つかと思って」

そうか、飯田はこれを自分に送ってきたことで、今回の文芸界賞に応募したつもりでいるわけだ。応募小説常連マニアだから、普通に送っているだけでは、いつまで経っても一次選考の時点で選外になると思ったのだろう。今回の件をネタに編集長の自分に送っておけば、ひょっとしたら、最終選考にまで残ると思っているのかもしれない。いや、これはまだほんの最初の段階で、飯田はそのうち門脇に、他の無理難題を持ち掛けてくるかもしれない。

こんな奴に借りを作ると後でとんでもないことになる。それに、こんな内容のものは下読み連中にだって読まれたくない。どうすればいいのか。さっきから都留子が次にどこのバーに行くかをしきりに問いかけていたが、門脇には全く聞こえなくなっていた。

＊

次の日、門脇は加治木に言われていた場所に向かっていた。今日は、前回の加治木のプラン通りなら、今回のプロジェクトのプロットを準備している筈だった。指定された場所には、先週と同じメンバーが再集合していた。打ち合わせで最初に発言したのは、当然加治木だった。

「いろいろと考えたんですが、今回のプロットは〈家族〉を大きなテーマにしたいと思います」

「家族って、あの家族ドラマ、ホームドラマの家族ですか」

「そうです」

「しかし、今、日本ではテレビドラマでさえも家族ドラマはほとんど作られていませんからね。『渡る世間は鬼ばかり』くらいでしょう。どうでしょうか、医療ものとか法廷ものの方が、よほどトレンドなんじゃないですか」

「だから、です。前にもお話ししましたが、わざと〝今ないもの〟を作ることによって違うインパクトを発生させるということです」

「それが、家族ですか。どうも僕の年代でもピンと来ないテーマと言うか、発想ですね。大体、世界的に家族をテーマにした映画、ドラマを作っている国はもはやないんじゃないですが。アメリカでもそういった傾向はずいぶん前ですし、今、そういったテーマでヒットしているのは韓国だけじゃないですか。韓国ドラマなら話は別ですが」

「そこなんです。私も今回のヒントにしたのは韓国ドラマなんです」

それから加治木はおもむろに、今回のプロットについて語り始めた。

「要するに、発想の発端は、言ってみれば消去法です。アニメと怪獣、ＳＦは独特のノウハウが必要なので、今回のプロジェクトからは最初から除外しています。そうすると、人間ドラマと言うことになり、政治、社会、刑事犯罪と考えていくと、その一つが家族になるのはある意味、必然です。しかし、門脇さんが指摘したように、今、日本では全くと言っていいほど家族映画、ドラマは作られていない。ですが、韓国では違います。それと、私の会社のシンクタンクの調査によると、韓国での最近のヒットはほとんど有料ケーブル局が制作したものだそうです。地上波では昔ほどヒットが出ないのは日本でも事情は同じですが、そのケーブル局のドラマで最高7％の数字を出したのがあって、ケーブル局の視聴率を三倍すると地上波の数字になるという統計があるらしく、これは大ヒットです。でも、先ほど提案した家族ドラマは大体地上波の局がほとんどで、その辺はうまく棲み分けができているようです。シンクタンクの報告では五年以内に日本でも、地上波と有料ケーブル局のシェアはそういう傾向になる試算が強いそうですが、これは実は出版にも当てはまるんじゃないですか」

「と仰いますと」

門脇は韓国ドラマの話が急に出版の話になったので意表を突かれていた。

「これもシンクタンクからの報告ですが、日本の出版における、本と電子書籍のシェアはまだ8：2の割合ですが、これも五年後には5：5になり、十年後には逆転する予想が既にあるとのことでした。だから、先ほど例に出した、韓国ドラマの地上波とケーブル局のようなことになるんじゃないですか」

つまり、電子書籍のアクセス購買の数字を三倍にすると、実際の本の部数になるのであれば、電子書籍で仮に一万部売れていたら、そのアイテムは、従来の出版における本では三万部に匹敵することになる。今は100万部の本でも、その電子書籍のシェアはまだ一

～二割前後だが、確かにこれはそのうち半々になり、いずれは加治木のいう逆転現象が起こるのかもしれない。だが、その頃六〇歳定年が近くなっている門脇にとっては、もうそういうことを考えても、自分には関係ないことではないか。

門脇は今回の件についての、加治木の様々な要素を内包した話を聞きながらも、とりあえずの急務である今回のノベライズ担当の選定についてはまだ決めかねていた。

都留子と飯田のどちらにしたらいいか、都留子にすると、また腐れ縁がこのまま続いて行って、当分縁を切れなくなる。かといって、飯田の脅迫めいた提案にも乗るわけにはいかない。あの映像を流されると、自分はこの会社はもちろん、この業界ではもう仕事ができなくなるだろう。

――どうすれば都留子も飯田も、どちらの要求にもうまく言い逃れをすることができるか、門脇はそんなことばかり考えていた。

第十二章

情報交換

門脇が加治木と、まだ雲を摑むようなプロジェクトの打ち合わせで時間を費やしている間、夏になって出版業界ではまた大きな動きが起こっていた。

戦後スタートした老舗大型書店チェーンの一つ、西教堂《さいきょうどう》が経営破綻し、その余波で、チェーン店舗二〇〇店のうち、半分の帳合を持っていた〈西販《せいはん》〉も同時に債務超過で連鎖倒産するのではないかとのニュースだった。それは、大型書店チェーンの倒産の意味だけではなく、相次ぐ桃田、細洋社に続く取次の破綻として業界に更に暗い影を投げかけていた。有限書房でも、この西教堂の常備在庫が以前より相当な金額になっていて、これがそのまま焦げつくと、さすがに藤崎も平穏ではいられなかった。

そういったニュースを聞いても藤崎はもうそんなに強い関心はなかったが、やはり細井と大堂の見解は聞いておきたいと思って連絡をすると、後の二人も同様だった。情報交換で落ち合うことが決まると、大堂から、今回は一人知り合いを連れて行くというメールが来た。また、居酒屋の個室を取ったとも。藤崎はそれが誰なのかはわからなかったが、このとき、大堂が連れてきた人物の情報により、藤崎と細井の運命、人生はこの後大きく変わっていくことになる。

その日、大堂が紹介した江田《えだ》という男は、全販と互角に比する取次である〈東京屋〉の書籍仕入部門にいるとのことで、役職は部長だった。大堂とは以前からの知り合いらしい。

少し飲みながら話を聞いていると、大堂から、今日はちょっとみんなに意見を聞きたいことがあると江田から連絡があって、この場を設定したとの説明があり、それから江田は最初から神妙に構えて話し始めた。

「これから話すことはどうかここだけの話にしてください。他言されると私の立場まで危うくなる。冗談ではなく、今そのことでいろいろなメインバンクが協議しているところなので、もしこのことが漏れると、すべてご破算になるからです」

〝ここだけの話は、明日誰もが知っている話〟というのが、出版業界の常識だったが、この日の江田の話は違っていた。

「だったら、私たちには話されない方が良いんじゃないですか」

「いや、逆に金融筋では業界内の意見を聞いておきたいらしいのと、私としてもこれからお話しすることをこの集まりの中でも知っておいてもらいたいんです。幸いここには、出版社の営業職、書店チェーンの統括部長、取次の特販担当、とこの業界のそれぞれのジャンルの方が集合されている。だから、大堂さんにこの場をセッティングしてもらったんです。お話しした後、皆さんがどういう行動を取られるかについては私は知らないことにしておきます」

「その話とは」

「大堂さんもここにいるので、まず取次のことですが、西教堂の破綻によって、その連鎖で西販はおそらく銀行管理下になり、その帳合を東京屋と全販で分け合うことになるでしょう。これで、全国の書店地図が大きく変わります。銀行としては、独禁法に触れないように、おそらくこの二社のシェアは均等にする。そうすると、この二社以外の残りの取次をどうするかですが、某銀行と文部科学省のある部署からの現時点の要請として、それを一つにまとめてほしいそうです。ということは、これで、取次は三社だけになります」

「まるで銀行の再編みたいですね」

「経営の規模はずいぶん違いますが、本質は同じことです。日本の書店はすべてこの取次三社のいずれかの帳合ということになる。しかも、この話にはまだ続きがあって、ネット書店の帳合も別に一つにまとめてほしいそうなんです」

「その指示はどこからですか」

「先ほど申しあげた〝ある部署〟というだけで、それ以上は私も知りません。だが、かなり強制力があるのと、ネット書店については一種の外圧のような気もします」

「外圧というと？」

「海外から、日本の再販制に対する緩和を求めているということじゃないですか。それと、ネット書店は日本の従来の書籍、雑誌以外にも、洋書はもちろん、取次と契約していないところの出版物も扱っているわけですが、この部分が未知数ながら、さらに期待されているると思います。ネット書店と直接取引契約をすることで、従来の取次と契約する必要はなくなるわけですから、これで、新しい出版社がかなり生まれると思いますね。ただ、公序良俗についての審査は当然あって、逆にこれはかなり厳しくなるようですが」

「そうすると、従来の取次が三社、もう一社がネット書店専用の取次で、計四社に統合されるということですか」

「そうです。でも、私はこの情報を聞きながら、銀行より、コンビニチェーンの再編のことを連想しました。あらゆる流通を統合支配したい意図がどこかにあり、これを政府筋と銀行が考えて、どこかを通じて民間に浸透させようとしている意図があるように思いますね」

「しかし、その情報を江田さんはどこから聞いてきたんですか」

「ちょっとそれは勘弁してください」

さすがに江田もここでその情報提供元について明かすわけにはいかなかった。このニュースソースの秘匿については、江田の会社での進退、その後の人生も左右することに繋がることで、取り扱いについて尚更慎重にならざるを得なかった。

「それと、書店チェーンの破綻ですが、今月末、手形が落ちなければ、次は大阪館チェーンです。もう時間の問題でしょうね」

大阪館は関西からスタートした東京屋帳合のチェーン店で、関東圏の店舗も含めて、東京屋の帳合の中でもベストテンに入る販売店舗を擁しており、先日経営破綻した西教堂とほぼ同じ規模のチェーンだった。これは東京屋の帳合だから、江田がその内部事情に通じているのには何ら不思議はない。だが、なぜここまで、このメンバーの集まりで情報を開示するのか、藤崎には遂にわからなかった。そう思案していると、江田の次の話は出版社のことになった。

「最後にお知らせするのは、ある出版社の経営情報についてです」

「またですか。出版社の倒産にもそんなに驚かなくなりましたが、今度はどこですか」

江田は少し躊躇《とまど》いがちに口を開く。

「これは、私も聞いてちょっと驚きました。以前より、資金繰りに苦労しているのは知っていましたが、それが、新英社なんです」

「え？」

その場に集まっている全員、一瞬言葉が出なかったくらいだったが、考えてみればありえないことではなかった。

文芸書の老舗として、知らない者がいない創立一〇〇年近い出版社だが、出版社経営のマイナス面として、漫画と若者向けの雑誌がなく、その年代層には、古い時代の出版社としてのイメージしかなかった。それを変えたのが皮肉にも文庫だった。従来からの文庫の収録範囲を大きく外し、さらにかなり広くして、数少ない漫画でさえもコミックエッセイの一つとして収録してそのジャンルを確立し、その経営基盤は盤石だと思われていた。だがここ十年、出版不況の波をもろに受けて、苦しい経営状態が続いていたのは業界では既に既成事実となっていた。単純に社員の給与が高いせいだと露骨に言う者もいたが、組合が強く、社員の給与には手をつけないで他の打開策を探るという状態が続いていた。これは新英社に限らず、今も昔も出版社の労働争議の常套だった。だが、状況はさらに悪化しているらしい。まさか倒産近くまでになっていたとは……。

「まだ倒産したわけじゃありませんよ。今までの蓄財もそれなりにあるので、それを少しずつ売り払ってなんとか凌いでいるようですが、これも来月末の手形の一部が落ちないと、不渡りで一時資金ショートを起こす可能性があります。それを防ぐために、大堂さんのところもそうでしょうが、今まで以上に小社に仕入分の先払いを要求されています。ですが、これにも限度があって、それで切羽詰まったのか、メインバンクと一緒にウチに相談に来たのが、先月です」

「江田さんが話されたので、私もお話ししますが、全販にも同じ頃、専務を訪ねて来ました。東京屋さんも事情は同じだと思いますが、結論は、取次と他の出版社の支援を受けたいということです」

「他の出版社の支援とはどういうことですか」

　藤崎は思わず聞き返していた。

「文字通りの支援で、何かを担保に資金援助をお願いしたいということです」

「それは銀行の役目でしょう」

「銀行が見放したから、取次に来たともいえますが、取次は銀行じゃないんです。そんなキャッシャフローがあるわけがない」

今度は大堂が声をあげた。

「ところが相手側はあると思っている。取次の業務機能上、精算するまでの売掛金をある期間、結果的に内部留保しているわけだから、厳密に言うと、短期間、つまり清算までの半年間はそのストックが一応あることになる」

「まさかそれを、半年だけ借りたいということでもないでしょう」

「いや、それを知っていて、半年だけで良いから貸してほしいということらしいです。そこまで追い詰められているということですよ」

「でも、取次はともかく、他の出版社ではそんな支援はできないでしょうね」

「ところが、出版社側にも支援をお願いしたいらしいんです」

「どういうことですか。何か担保があるならともかく」

「いえ、私も聞いて吃驚したんですが、新英文庫を始めとした、今までのすべての本の版権を担保にするというんです」

「すべてというと、今の流通点数だけでも一万点はあると思いますが、それを今までの刊行分も含めてすべてですか」

「そうです、特に、文庫は新英社にとって最大のブランドで財産ともいえるものですが、それを手放す覚悟でいるということです」

「でも、このご時世、他の出版社が乗りますかね」

「それが現金なもので、既に二社から、私に打診がありました。ライバル会社としては、この機会に、文庫出版社ベスト3をベスト2か、1にしたいんでしょう」

こういった話になると、江田の応答は明快だった。

「それで他の二社はいくら出すと言っているんですか？」

「それぞれ、自社の独占で獲得できるなら、十億までは出すと言っています」

「しかし、十億ですか」

大した金額だが、あの新英社の、名作ぞろいの最大の財産がせいぜい担保としてそのくらいの金額の価値しかないとは。藤崎は納得しかねていた。

「まだそういう財産があるから良い方じゃないか。それより、新英社はこれを担保にその金額を借りても半年で返せるんだろうか」

「そこなんです、私にもわからないのは。一時凌ぎに過ぎないと思うんですが」

その江田の疑問に判断を下すように大堂が続ける。

「しかし、もしその期間で返せなかったら、本当に新英社はその時点で終わることになる……」

第十三章

様々な局面

居酒屋の個室で、さっきから苦々しい顔をしている三人の男を前に話しながら、江田は、自分が今ここにいる理由について考えていた。

そもそもの最初は、先週の新英社の社長である石原からの連絡だった。至急、話があるので、今日、時間を作ってくれないかとのことだった。

石原と江田は学生時代からの友人だったが、石原は実家が日本でも有数の出版社、新英社で、最終的には三代目社長として、会社に入社しなければならない運命になっていた。それまでしばらくは広告代理店にでも入って、少し出版の広告についても理解しておくようにというのが父親からの提案だったが、その入った代理店で、また江田と再会することになった。

まだ1980年代の半ばで、出版も好景気の波に乗り、広告代理店の業績もうなぎ上りの頃だった。ちょうど知り合いを通じての異業種の集まりで再会したとき、あるメーカーにいた江田に、これからは出版の時代だといって転職を勧めたのが石原だった。出版社に入らないかとの誘いもあったが、どうせなら出版社ではない出版関連の業種がいいということで紹介されたのが取次の東京屋だった。江田もそのときは、まだ取次という業種についての知識もなかったが、紹介してくれた石原が言うには、要するに、本、雑誌を書店に配送する販売会社だとの説明で、出版業界の中では、重要な立場と役目があるとわかったのは入社して一年くらい経った頃だった。

その東京屋に入れてくれた石原の呼び出しであれは、すぐ駆けつけなければならないのは当然にしても、その切羽詰まった口調が江田には気になっていた。石原が今までほとんど相談というものを江田にしたことがなかったのは、長い付き合いでわかっているからこそ、急にこんな連絡をしてくるのは何かあるのに決まっている。

急いで指定されたホテルのカフェに行くと、石原が憔悴しきった表情で待っていた。

「どうしたんだ、何かあったのか」

「そうだな、確かに何かがあった。実はそのことだ、来てもらったのは」

石原の抽象的な言い方に江田は戸惑っていた。

「ウチの業績が最近悪化しているのを知っているだろう」

「まあ、今はどこでもそうだが」

「それで、ギリギリの資金繰りを続けていたんだが、このままでいくと今月末の支払いができなくて、資金ショートを起こす可能性が高いのが、午前中の財務の会計報告でわかった」

「今月末というと、後二週間しかないじゃないか。何か他のことで補填できないのか。銀行は、確かメインバンクは三友銀行だっただろう」

「銀行に相談するのは一番後にしたい。この時点で相談したら、不渡りを出す前に、別の方法で回避しろと言われるに決まっている。最悪、銀行に言うのは月末当日の午前中だ。

その時点だと銀行も不渡りを避けるために、とりあえず何らかの処理をするしかないからな」

「そうすると、他に補塡できるものは」

「キャッシュフローが不足しているから不渡りになるわけで、他には会社所有の不動産とかになるが」

「確か、神保町の本社は自社ビルだったな」

「ところがとっくに抵当に入っているんだな、これが。実は俺の自宅もすべてそうだ」

「そうすると、他に打つ手は」

「とりあえずの現金があれば、三ヵ月は凌げると思う」

「しかし、その現金をどこから調達するつもりだ」

と、ここまで話していたところで、石原が江田の顔を見ていることに気づいた。

そうか、だから俺を呼んだわけか。だが、取次から合法的に入金する方法が何かあるのか、と思っていたら、石原は江田が考えもつかないことを言い出した。

「取次からの入金もだが、もう一つの方法も考えている。不動産以外に出版社が売れるのと言ったら、最後はこれしかない」

そこで、不渡りを一時的に回避するために、石原が資金繰りの補塡の方法として考えたのが、新英社の文庫を含むすべての版権の売却だった。

＊

江田はさらに、今回の話をあえてこのメンバーに話した事情についても考えずにはいられなかった。もちろん、こういう事を考えたのは江田の発案ではない。先週会った、ある人物からの一種のリークでもあったが、今となってはどうしても会わなければならないように仕組まれていたのではと思い至る。

そのある人物と最初に会ったのは、確か五年くらい前の、上司に当たる常務からのある会合の誘いだった。その会合で、江田は日本の大手出版社五社による〈五社会〉という団体の存在を初めて知った。

〈五社会〉とは集談社、新英社、講学社、学習館、文壇冬夏《ぶんだんとうか》の五社の集まりのことで、大手出版社同士の友好団体として戦後すぐ結会されたとのことだった。最初は飲み会やゴルフ等の集まりだったが、１９６０年代の世相を反映して民生党とも近づくようになり、報道の友好関係を取り交わした団体として、一時は献金もしていたらしい。

その後、二代目社長たちの次世代になった頃、オイルショックで紙の確保が難しくなったときに、お互いに在庫、残紙を融通しあううちに自然と結束が深まったのだという。さらに、三代目あたりからはコミックスの隆盛も相俟って、売上的には、この五社で業界の七割強を占めるようにまでになり、ある意味、日本の出版社最大のトップ同士の会と言われていた。その会合に呼ばれたときに紹介されたのが、幹事を務めていた集談社の城所だった。

以後、取次でいろいろなトラブルがあった際にも、城所は的確なアドバイスを与えてくれて、配送事故の危機回避、雑誌回収の徹底方法と少なからず世話になることが多く、業界的な恩を感じて、個人的にも年に何回か会って情報交換する間柄になっていた。

その役員から連絡があったのが、先週のことだった。実は、今日話したことはすべて、役員からの情報提供によるもので、そういう場を設けて、業界のいろいろなジャンルに情報を流して少し反応を見てくれとのことだった。そして、大堂に相談して集まってもらったのが、今日のメンバーだった。

＊

今夜、藤崎は全く酔えなかった。至急の集まりで江田の話を聞いた後、中央線に揺られながら、藤崎は考えをまとめようと必死だった。

江田の話はどうやらすべて本当らしい。そうじゃないことをわざわざ呼び出してまで言う筈がない。ということは、あのメンバーだけに話しておきたかったのか。しかし、大堂はともかく、自分と細井には関係があるようでない話だ。これは本来、江田と大堂の取次同士で話し合うことで、その情報交換の場ともいえる場所に自分が呼び出されたのは何故なのか。少しでも身内と思ってくれているのなら良いが、それ以外の何か別の意図があるのか。この話は他言無用だと言っていたが、本当に他の連中もその約束を守れるのか。これは社長に進言するべき案件なのか。

だが、その前に会わなければならない人がいると漠然と思い出していた。それは、藤崎がこの業界に入ってから、いつも相談相手になってくれていた、ある個性的な書店チェーンの社長だった。

*

大堂も江田の話を聞きながら、なぜ江田と同じ取次の自分がこの場に呼ばれたかについて思案していた。大体、この場を設定したのは江田からの提案で、最初はただの業界内の寄り合いの誘いだと思っていた。

大堂と江田は同じ取次会社の、二大取次と言われる大手の全販と東京屋で、大堂は特販部長、江田は書籍仕入部長だったが、取次協会の集まりで面識を得て、時々情報交換も兼ねて、それなりに会う間柄になっていた。といっても、藤崎と細井のような親密な付き合いではなく、あくまでも業界内の知り合いという程度だった。その江田から連絡が来たのは今週に入ってからだ。

江田の話は、大手ではない出版社の営業部と、大手書店チェーンのそれなりの立場の方と会って意見を聞きたいことがある――今から考えれば不思議な条件だったが――ということで、別に断る理由もなく、適当な人選を考えていると、そのうち、いつも集まる藤崎と細井の面子でどうかと思って設定したのが今日の場だった。

大堂も藤崎と同様、もともと本に対して強いこだわりがあって取次に入社したわけではなかった。大学の就職説明会で、たまたまあった職種の一つに過ぎず、本についての興味は平凡なもので、とりたてて他に積極的な志望はないまま、何となく全販に決めてしまった。全販は正式には〈全国出販販売株式会社〉と言い、業界トップの東京屋の後塵を長い間拝していたが、十年前にその地位を奪取し、業界のリーダーカンパニーになったと思っていたところに、出販不況が重なってしまったのが最大の誤算だった。売上高はまだ東京屋をリードしているが、経常利益、さらに純利益となると、実は東京屋より下回っている状況がここ二、三年続いていた。

大堂の全販での部署は入社以後、目まぐるしく変わり、最初は書籍仕入、次に雑誌仕入、それから地方の営業所を五年ほど経験し、本社に戻ったのが三年前で、現在の特販部長になったのが昨年だった。同期入社の中では一応、出世コースなのだろうが、他の商社に入った同級と比べると、給与等の差はもちろん、将来の福利厚生にはかなりの疑問符がついていた。さらに、全販も含めて、この業界の未来がそんなに明るくないのを大堂は職業柄、肌で感じていた。機会があれば転職するにはギリギリの年齢だと思ったことは少なくなかったが、そう考えているうちに五〇歳近くになってしまい、自嘲の交る諦観を覚える毎日が続いている。

だが、今でも現在の取次の仕事にそれほど積極的な興味がない大堂にしても、既に入社二十五年以上のキャリアと今の自分の地位から考えると、今日、江田から聞いたことをそう簡単に見逃すわけにはいかない。また、そういう情報を与えて、同じ取次の自分がどう考えるかを見守っているかのような江田の考えが手に取るようにわかった。

破綻した西教堂、予断を許さない大阪館チェーンの東京屋との帳合シェアの配分についても限界があり、いずれこの均衡は崩れる。であれば、全販としては、次に打つ手は何が一番有効なのか、江田の話を鵜呑みにして動いていいのか。大堂は江田の話にはやはり裏に何らかの意図があると思っていた。そうでなければ、藤崎や細井はともかく、同じ取次の人間にそんなことを話すわけがない。

江田の言うように、新英社の件にしても、その提案を受け入れて救済の立場になるのがいいのか。かといって、全販自体そんなに資金的に余裕のある財務状況ではないのは、主要書店チェーンの毎月の売上動向を把握している特販部長として十分理解しているが、取次より、さらにどうしていいのかわからないのは書店側だろう。そのあたり、細井はどう考えているのか。

＊

その頃、細井も藤崎と同じようなことを考えていたが、その裏事情は少し違っていた。細井の勤務している書店チェーン〈勉強堂〉は、元々は神奈川県の私鉄に隣接する二十店足らずの中堅書店チェーンに過ぎなかったが、二代目社長が何故か拡大路線を展開するようになり、取次の全販を巻き込んで、フランチャイズ化計画を中心にして株式上場までになる頃には、全販の関東圏売上の中でベスト5に入る規模を確保していた。首都圏の従来の一般書店のフランチャイズ化を含めると、帳合書店は総計二〇〇店にもなる巨大売上チェーンとして、全販の中で専用部署ができるまでになったのは取次内での位置をよく表していた。細井が入社したのは、株式上場を果たした十五年前のことで、そのときはあるメーカーの営業職だったが、妻の兄、つまり義兄に当たる大堂からの推薦もあり、転職の形で入った。

中途入社だったが、大堂の存在は有形無形に作用していて、入社した途端、映画化が決定したばかりの翻訳小説が買い切りで他の書店でも仕入れを躊躇っているときに、大堂の口利きで初版の二割の部数を優先的に確保して配本、もし売れ残った場合も別の形で処理する密約も出版社側と交わしていて、残部も品薄の店にチェーン店内部で分け合って完全に売り切った。入社してすぐに結果を出した形になった細井の実績はすぐに肩書となって現れた。一年足らずで販売部門の課長代理となり、以後も大堂の配慮で、とにかく話題の本が品切れになったことが一度もなく、いつ行ってもベストセラーが入手できる書店ということで話題になっていた。一般書店としては、結果的に仲卸的に使われるようになり、その仕入れ能力は業界でも話題になっていた。

その理由が大堂にあるのも知られていたが、だからといって大堂の行為は不正でも何でもない。単なる力関係の産物で、初版、重版を優先的にそのチェーンに配本することが逆に配本の実売率の異常な高さにも繋がり、返品はほとんどなかった。大堂の配慮から優良チェーンになったのかどうかはともかく、この件についてはどこからも苦情が出ることはなく、よくしたものでチェーンの売上は上がるばかりで、入社三年で細井は販売部長の地位にまで上り詰めていた。ところが、出版業界全体の売上が前年を割るようになった十年前から、このチェーンにも暗い影が射してくるようになっていた。

だが、それでもなんとか前年売上を維持し続けていたのは、ＣＤ、ＤＶＤレンタル、そして、五年前から始めたカフェと文具の複合店仕様だった。だが、細井は書店の発展、未来形として、今の店舗施設ではこれ以上の進展がないことも同時に感じていた。本と雑誌の販売だけに拘泥しないでここまでやってきたが、これ以上の売上減になると、もう打つ手がない。これはやはり転職しかないかと思い始めていたところに最近の取次破綻で、それらの現実は細井の決意を固めさせるのに十分だった。

それに加えて、今日の会合で聞いたことだ。まさか大手の出版社までそういう状況とは、まさにこれは最終通知とも言えるものだった。

次の日から、細井はまた大堂から呼び出しがあったとき、会うべきかどうか思い悩むようになっていたが、この業界に入れてくれた義兄の言うことは絶対だった。早い話、大堂が社内で配置転換、および転籍とかになってしまったら、その途端にこのチェーンの売上が下がっていくことは目に見えている。来月には下半期の売上予測を社内会議で販売部から提出しなければならない。

辞めるならこの時期が潮時かと、細井は真剣に考え始めていた。

第十四章

書店の矜持

藤崎がその書店チェーンの下村社長を訪ねるのは久しぶりだった。

この間会ったのはいつだっただろう。もう三ヵ月も前になるかもしれない。以前は月に一度は必ず会っていたものだったが、「君が来るときはいつも何か心配ごとがあるときだな。何もないときは来なくなる。だから、来なくなるときは有限書房にヒットとか重版がかかっているときだと思うようにした」といつも笑いながら話してくれる社長は、藤崎にとって特別な存在だった。

社員応募自体がなくなりつつある現在ではあまり聞かれなくなっているが、2000年までに出版社に入社した者は、いずれも正規の配属が決まるまでに、必ず一定期間、書店に研修に出される規定が出版業界に社員研修の一環としてあった。藤崎がその一つとして、研修に指定されたのが、杉並区にある下村社長の〈書塔《しょとう》〉グループの店舗だった。そのチェーンの店長の一人は、業界でも有名な森口という男だったが、その森口と話しているうちに紹介されたのが、チェーン店のオーナーである下村社長だった。

下村社長は、未だに自分の手でスリップを見て発注を決めるという、書店でも昔気質の職人肌を持っていた最後の世代の一人で、当時五〇代だった頃は、まだ各店を精力的に回り店長らにハッパをかけていた。そんなときに研修で来たのが新入社員の藤崎だった。

最初のきっかけはささいなことだった。

事の発端は、客注を取りに来た主婦に対して、藤崎が一見ぞんざいな態度を取ったばかりか、その入荷していた本を手違いで店頭で売ってしまったことからのトラブルだった。電話でそのことを聞いた社長は一時間以内にその本を入手して、その客の自宅まで届けに行った。もちろん、藤崎が同行したことは言うまでもない。書店に戻ると、どうやら社長はその本を他の書店で買い求めてきたらしいことに気づいた。そんな利益の出ないことをどうして、と思うのは藤崎に商売の経験がないからで、社長としては得意客への当然の行為の一つだったのだろう。

この日から、藤崎の本に対する考えはずいぶん変わった。そのときから社長との長い付き合いが始まったと言っていい。それ以降、社長に教わったことはあまりにも多く、藤崎の出版に対する考え方を左右するどころか、業界人生の支えにもなっていた。この社長から、本についての示唆に富んだ考え方を一体どれだけ学んだことだろう。それは机上の本では決して出てこない、現場の意見そのものだった。

あるとき、休憩の時間にこう話してくれたこともある。

「本は内容だけで売れる商品じゃないが、内容がないと売れない商品でもある。それに、本は別に毎日必要なものじゃない。だが、必要なときが少なからずあるんだ。

もっと言うと、本の中身と本の売れ行きは全く別の話だ。本の価値は買う人間が決めるもので、本は評論家が中身だけで判断する商品じゃない。本の価格も買う人間が判断するわけだから、いくら安くても買わない本は買わないし、高くても売れる本は売れる、そういう矛盾を元々孕んだ不思議な商品なんだ。だから、最終的に本の価値を決めるのは、金を出して本を買う、その人間だけだ。これが出版についての基本的な考え方だと私は思う。まあ、そう思って仕事をしていれば大丈夫だ。なんとかこの業界でやっていけるよ。

それと、もう一つ覚えておいた方がいいことがある。商売の基本的な考え方は、相手側の利益を考えて話すことだ。自分が望んでいたことを、思いもかけずそうしてくれた相手には誰でも好意を感じるもんだよ。だから、そういうことがあると、そういう人はまたその書店で買ってくれるようになるし、書店にとっては、そういうことを言ってくれた出版社の本は積極的に仕入れて売るようになる。そういうことだ」

そんなことがあって以来、藤崎は研修が終わった後も書店営業で機会ができて、社長には折に触れて、仕事の相談を持ち掛けた。社内以外で仕事の相談ができる相手がいるのは社会人としても貴重な体験で、社長の独特な温和なキャラクターもあり、藤崎の会社でヒットがあったときもなかったときも、いつでも相談に乗ってくれる一番の相手だった。

藤崎は社長といつもの話をしているうちに、今日の本題について聞く前に、出版社にとって頭の痛い図書館について何となく聞いてみたくなった。

「そうだな。図書館にウチでも納品し始めたのはいつ頃だったかな。１９７０年に入った頃か。君は年齢的にわからないかもしれないが、60年代の書店業界は今より状況は良かった。というより、仕入れに苦労しなくても、取次から送られてくる本を並べていれば、ある程度売れていたんだ。小さな店でも、日銭がそれなりに入るから、個人商店の側から見ると、始めやすい商売の一つだったんだな。いわゆる小売りの原型と言ってもいい。特別な技術が必要なわけじゃなく、取次との約定のときにある程度の補償金を支払えばよかったんだから。また、売れ残ったものは返品できるということで、生鮮食品のように商品の状態に腐心する必要もない。その分、利益は固定されているから、ある程度の売れ行きがあるときはいいが、少しでも落ちてくると採算が合わなくなるところも出てくるようになった。

そういうこともあったから、個人商店の原点でもある夫婦で始めて人件費を抑えるのはもちろん、もう一つの固定売上として、文具も共有するようになった。その逆に、文具店が余裕スペースに学年雑誌を置くようになった例もあるから、60年代に始めた個人商店の書店では文具店兼用の店が多い筈だ。今でも地方に行くと〈勉強屋〉〈参考堂〉なんていう店名のところがあるのはその名残だよ。でも、個人経営の書店も、1972年のオイルショックのとき、紙不足で雑誌の部数が制限されて、毎日の日銭のもとだった雑誌の入荷が減ってしまい、しかも売れ行きにも陰りが出てきたとき、救世主になったのが漫画雑誌だったわけだ。定価は低いが、部数の桁が違うのでなんとか維持できていた。それが、そのままコミックスになって、これが80年代になり、そのまま個人書店の支えになった。漫画専門店なんていうのが出てきたのもこの頃だったな。

少し話がそれてしまったけど、今まで話したように、個人書店の毎日の日銭を支えたのは漫画雑誌を含めた雑誌だったんだが、それ以外の小説などの、活字物と言っていたが、その需要はそれほどではなかったところに、図書館からの購入が始まったんだ。最初は直接仕入れていたところもあったようだが、地方の公立図書館は仕入れの手間も含めて、近くの書店から仕入れるようになった。ウチもそうだった。だが、これがそのうち、他の弊害を生むとはそのとき、誰も思わなかったんだな」

社長の長い話を聞いた後、藤崎は思わず聞き返していた。

「弊害とは、どういうことですか」

「つまり、こういうことだ。89年のバブル期頃だと思うけど、図書館の方で、利用客を増やしたいということで、図書リクエストと同時に、館内に比較的一般的な本を目立つように並べ始めた。これがもとで利用客が増えて、図書館側もベストセラーのような本を一冊ではなく、複数購買するようになった。ここがターニングポイントだな。リクエストした本が多くなり、比較的早く読めるとなって、ここで読者の本に対する意識がある意味変わったんだな。買わないで、図書館で借りて読むという方向に。

それがピークに達したのが、1999年から刊行が始まった世界的ベストセラーシリーズ『ハリー・ポッター』のときだ。あれだけの実売を記録した本でありながら、図書館もそのリクエストに応えるべく、最大限の部数を確保したというんだ。何とも不思議なことじゃないか。あれだけ売れるものを、一方で無料貸本屋化した図書館が必死で冊数を確保しようとする構図、さらに、一方では〝何百人待ち〟でありながら、それでも買わずに一年後の借りる機会を待っている利用者がいる。

ここでハッキリ言っておくと、私は図書館で借りて本を読むのを利用者と呼んでいて、読者とは、買って本を買って読む人のことだと思っている。本を読むという行為に違いはないが、その意図と、本を買って読むことによって得られる理解にはずいぶん違いがあるんじゃないかということだ。もっと言うと、これが書店にとっての本に対する矜持だと思う。

これは私の推測だが、たとえば『ハリー・ポッター』の第一巻の実売部数が１００万部とすると、図書館の利用者の貸し出し回数を実売に換算すると、あと五〇万部の部数がプラスされたんじゃないかと思わないでもない。なんとも凄まじい実売部数の損失で、これは極端な例だが、こういうことがボディブローのように効いて、その後の出版業界に暗い影を投げかけていると思うな。だけど、図書館側に文句を言っても始まらない。同じ本を扱っていても、住んでいる世界と考えが違うんだ。そう考えていると、別に腹も立たない。図書館は結局のところ、本を利用者に貸し出す、公的な場所、それ以上でもそれ以下でもないんだ」

だが、藤崎はやはり社長は、当然ながら書店側の人間だと思った。松本清張の原作ドラマが放映された次の日、図書館の松本清張コーナーがごっそり貸し出されていることを知らないのだろうか。その利用者たちが、いずれ書店で購入するという図式自体が以前とは違っていることは理解しているのかもしれないが、現実はもっと違う。

藤崎が業界で知り合った、先日定年退職した知人は、退職後、あるきっかけで席を共にしたとき、こう語っていた。

「退職しても、出版社時代の習慣からか、やはり活字世代なんだな、毎日本ばかり読んでいるよ」

最近話題の、ある小説は読んだかと聞くと、

「いや、読みたいと思っているんだが、近くの図書館には入荷予定がないようなんだ。退職して年金が出るまで無駄な出費はできるだけ抑えなければならないから、ちょっと買うことはできない」

「やはり、そうですか」

「これは退職した身でないとわからないと思うな。つまり、図書館に入らない本は読む機会がなくなるというか、要するに読むことができないということになるんだ。でも、まあ、他にも読んでなかった本が山ほどあるから別に不自由は感じない。もう新刊を先を争って読む必要はないからな。特に小説はそうだ」

彼の意見は、今の図書館のある側面を確実に言い当てていた。

図書館に置いていないのは、漫画とアダルトだけだと言われたのは、これはもともと買わないと読めないものだったからだが、その二種類以外でもその意味は同じことになり、大手出版社の知名度のある雑誌と、書籍、特に小説は完全に図書館で読むアイテムにすり替わってしまった。そこに、年金支給までの節約意識が加われば、図書館の利用度は自然と上がってくる。

たとえば月刊総合雑誌の代名詞でもある『文壇冬夏』は実売部数が下がっていても、その閲読率はそんなに下がっていないと言われている。つまり、全国どこの図書館にも置いてあるから、読む人間はそれほど減っていない、ただ実売だけが減っているということだ。いつのまにか本の商品性が知らないうちに希薄になっている。どこかおかしいと藤崎は思わずにはいられなかった。

そんなことを考えている間に、結局、社長に相談する筈だったことはなんとなく話しづらくなり、その日の話は、何故かそこで終わってしまった。

第十五章
版権買収

門脇が会社に帰って、不在中のメールの確認をしていると、その中に、〈ワールド・エージェンシー〉の大山からのメールがあった。文面は、「海外からのお客さんで門脇さんにご紹介したい方がいます。少しお時間を取ってもらえないでしょうか」とのことだった。

ワールド・エージェンシーは海外の出版翻訳権を売買する会社で、海外のベストセラーを日本の出版社に紹介したり、また、日本のベストセラーを海外に紹介することで利益を得ている。今でこそ、〈スワンプ〉の海外サイトを覗けば、どの国でどのような本がベストセラーとなっているかは一目瞭然だが、インターネットがなかった時代は、海外のタイトルは、エージェントからの情報に依存することが多かった。ワールド・エージェンシーは、極東エージェンシーと並んで業界の二大勢力と言われている。

門脇は大山とは以前より付き合いがあったが、意外にもそういったエージェントで十年以上同じ会社にいるのは門脇の知る限り、大山だけだった。

「海外からのご紹介したい方」と言うのは、大山の常套句だったが、そういえば、最近しばらく会っていなかったし、加治木との仕事の気分転換も兼ねて久しぶりにと思い、さっそく連絡のメールを送ると、まるで待っていたかのようにすぐに返信が来た。

大山が指定してきたのは、都心でもある程度名の知られているホテルのロビーだった。大山と落ち合うと、いい機会だから紹介したかったと話しているうちに、ある人物が近づいてきた。日本人でないのは背の高い風貌から明らかだったが、国籍はどこだろう、アメリカ系？　ヨーロッパ系？　と考えているうちに大山が紹介をし始めた。

「こちらが、Mr.ムーンライト、あの〈ホール・アース・グループ〉のアジア地区担当です。私とはもう十年以上のお付き合いになります。今回の来日の目的ですが、それは今から場を変えて話すことにしましょう。別の場所に個室を予約してありますので。しゃぶしゃぶですが、門脇さん、お肉大丈夫ですよね？」

来日も含めてアジア地区を訪問しているうちに、十年前から和食に目覚めたという、そのアングロサクソン系と思われる男は「ＯＨ！　シャブシャブね、ダイスキです」と、たいそう喜んでいた。ほとんど日本人と話しているような錯覚を起こさせるほど達者な日本語だった。

お決まりの乾杯の後、大山が話し始めた。

「こちらのMr.ムーンライトは先ほど紹介したように、ホール・アース・グループのアジア地区担当で、その総責任者です。近いうちに、日本にグループのアジア地区専用のオフィスを構える予定だそうです」

「その前にちょっとお伺いしたいことがあるんですが、お名前のMr.ムーンライトは、ビートルズのカバーした曲のタイトルと同じですが、偶然ですか」

門脇が親近感を持ってそう尋ねると、ムーンライトは笑顔で答えた。

「ＯＨ！　カドワキさん、ありがとう。どこでも同じ質問をされます。これは本名なんです。私のフルネームは、ジョン・アンソニー・ムーンライトで、通常は、ジョン・A・ムーンライトと言っています。ムーンライトは冗談ではなく、祖先が照明器具の修理屋をやっていたのでそこからついたと祖父は言っていました。半分くらいは事実だと思いますが。でも、ビートルズには別の意味で感謝しなければならない。この名前のおかげで、どこに行っても覚えてもらえます。特にミスターをつけて話されると、親しみも伴って、もうカンペキですね。カドワキさんは、ビートルズが、好きですか?」

「ええ、昨年もポール・マッカートニーの東京ドームライブには二度ほど行きました」

「OH! スバラシイ」

意外な話で場が和んだが、大山はビートルズに一切反応をせず、淡々とビジネスの話を切り出す。

「今回、ムーンライトさんが日本に来た目的は、アジア地区のオフィス開設もあるのですが、もう一つ目的があって、実はそっちが本題です」

「その本題というのは」

言いかけた質問を遮るように、ムーンライトから話し始めた。

「私の今回の来日の本題は、身売りが噂されているシンエイシャの版権のことです」

「新英社? あそこの版権に何か興味でもあるんですか」

「オフコース!、その通りです」

「ここからは、私からお話をしましょう。つまり、ホール・アース・グループとしては、その新英社の版権を獲得して、日本進出の最初の足がかりにしたいとのことなんです」

「新英社の版権をすべて獲得するということは、ほとんどもう日本の出版社と同じことになりますね」

そこまで言いかけて門脇は、相手の言わんとしていることがわかってきた。

これは日本の出版物の一部を海外で翻訳出版するといった小手先のものではなく、海外資本の出版グループが日本支社を作って、日本に存在する、日本の出版社そのものになろうとしていることではないか——つまりこれは、一種の文化侵略と言うべきものじゃないのか。

日本の文芸の老舗出版社が海外からの買収の対象になるというのは、バブル期の1989年前後、ソニーによるCBSレコードとコロンビア・ピクチャーズ買収、松下電器のユニバーサル・ピクチャーズの買収と本質的には同じことで、その逆転現象として、日本の出版不況の時期に、逆に海外資本から狙われるようになるとは。これも時代の流れかもしれないが、ちょっと今までの感覚では考えられないことだった。

それに加えて大山が、今日会ったときから、えらく真剣というか、気合が入っていることに気づいていた。どうやらこの新英社の版権譲渡一括契約をワールド・エージェンシーが仕切るということで既にホール・アース側とは話がついているらしい。

「ムーンライトさんとしては、日本支社というよりも、新英社の版権の獲得で、日本で新しい出版社を設立したいとのご希望を持っています。実はもう社名も決まっていて、ホール・アース・ジャパンとなるようです。それにあたって、日本で最大手の出版社の一つである集談社さんにもぜひともご協力を賜りたいということでして、まずは門脇さんにご挨拶をとこの場を設定しました」

その横でムーンライトは、「エンジョイ！」と笑顔を見せ、箸の止まった門脇にしきりと肉を勧めようとする。

「そうですか。こちらこそよろしくと言いたいところですが、強力なライバルが出現ということになるので、我が社もうかうかしてはいられないことになりますね」

「そんなことはありません。今までと同じことですよ。新英社さんがホール・アース・ジャパンに変わるだけのことじゃないですか」

あまりにも冷静に答える大山には、文化侵略の危機感は一つもないように思われた。ムーンライトの考えは、合理的なビジネスマインドから考えれば実にクリアな話だ。三島由紀夫や遠藤周作の文庫が新英社でなくても、ホール・アース・ジャパンから発売されるようになっても、読者には別に関係ないことだ。

「ホール・アース・ジャパンからの文庫は、〈ジャパン・モダンクラシック〉というペーパーバックシリーズにしたいらしく、こんなデザインを考えているそうです」

そこで見せられたのは確かに、従来の地味な文庫のイメージとは大きく違った、シンプルかつ垢抜けた色調のデザインで、まさにアメリカのペーパーバックそのものだった。これは日本にも新しい出版の時代が来るな、と思っていたら、ムーンライトが店員にゴマダレを追加注文しながらこう話す。

「これは、いわゆる本の場合ですが、ホール・アース・ジャパンの業務のほとんどは配信中心なので、このペーパーバックシリーズは、いわゆるコレクターズ・アイテム的なものなのです。だから、こういうデザインで、価格もそれなりで決して安くありませんが、配信は世界でいちばん安いホール・アース・グループの価格に合わせてありますから、日本での利用者は飛躍的に増えると思います」

なるほど、そういうことか。要するに、新英社の版権買収も配信用のアイテムを増やす一環でしかないということだ。

日本の出版社も舐められたもんだな。かといって、新英社を救済する方法が他にあるかといえば、今のところない。相手側にとってはまさに、絶好の機会だったわけだ。それを仲介したのがおそらく、このワールド・エージェンシーの大山なのだろうということは容易に想像がついた。

「ということは、新英社との話もかなり具体的になっているわけですか」

「年内に内々で合意を得て、年明けに契約調印、その後に記者発表を、外国特派員記者クラブで行うことになっています」

もうそこまで進んでいる話なのか。今日、俺が呼ばれたのは、それを知らせるためだけなのか。そう思っていると、デザートの苺を食べながら大山が話を続ける。

「実は、このことをお知らせするためだけに門脇さんをお呼びしたのではありません」

「他に何かあるんですか」

「集談社さんでも、絶版・品切れになっているタイトルがかなりあると思うんですが、それをホール・アース・グループが一括で買い取ることが可能かどうか、それについてもご意見を伺いたかったのです」

「え？　いや、これは驚きましたね、そこまでの話とは。ちょっといずれにしろ、私一人の判断では決められないので、少し時間をもらえますか」

「もちろんです。またご連絡を差し上げます」

「アリガトウゴザイマス！」

ムーンライトの分厚い手と握手をしながら、「愛想のいい笑顔と握手の裏には何か別の意味が隠されている」という格言を思い出して、今が多分そうなのだろうと門脇は考えていた。

第十六章

意識転換

言うまでもなく、門脇はすぐさま役員に連絡を取っていた。

「そういう話を聞くと、もう完全に時代の流れだな。私にもそろそろ完全に引退する時期が来たらしい」

役員は吐き捨てるように言い、溜息をついた。

「そんなことを言わないでくださいよ」

「いや、冗談抜きで、本当にそう思う。海外のメディアグループ資本が、そういう形で日本の出版社を買収することがこれからも日常的に行われるようになると、表面的には、〈日本の出版社〉という存在イメージは希薄になる。最後の砦は、日本唯一の独創メディアである、漫画とアニメだけだろうな」

「そうでしょうか」

「今頃何を言っているんだ。この漫画とアニメだけは完全に日本のオリジナルであり、日本以外の国ではどうやっても超えることはできない。だが最終的に、この二つのソフトも狙われていると私は考えている。もし、この推測通りになったら、もう完全にアウトだな。日本の出版のソフト、メディアの産業は完全に海外資本に牛耳られて、その傘下に入り、販売業務だけを押しつけられる。なんせ、日本の再販制は海外、特にアメリカでは理解不可能な商慣習らしく、スワンプを見てもわかるように廃止したいのは山々らしいが、すぐ簡単にというわけにはいかないだろう。その部分については日本のある種の販売会社に委託せざるを得ないと思う。そのときが、日本の出版産業の終焉になるわけだ」

「具体的に、取次の存在理由も変わるわけですか」

「取次というシステム自体が変わるだろうな。アメリカでは常識となっている、販売業者と言われるディストリビューターになり代わる可能性が高い。つまり、販売契約した書店だけに送品するだけの業務だ。当然、返品なんて業務は存在しない。そうなると、取次という販売会社を経由する必要もなくなるから、ただの流通だけなら、配送会社に委託すればいいことになる。しかも、買い切り契約による仕入れになるわけだから、定価販売ではなく、電気製品では常識の、最初からオープン価格になる。売れ残った場合はバーゲン品として売り切ってしまう。外資主導になると、この方法が一般的になるだろう。海外では常識らしいが」

「そうすると、部数も最初からある程度制限されることになるので、全体の売上はあまり期待できないですね」

「そうだが、売上は減っても、出版社としての実売による利益、純利益はむしろ上がるんじゃないか。そうすると、販売する方も今までのように、取次から委託で送品されてきたものを売るのとは全く違う意識転換を迫られることになる。仕入れバイヤーの能力によって、利益はかなり変動することになるから、有能なバイヤーは高給で引っ張りだこになるだろうな。まさに、出版販売のプロが、純粋な意味で日本でも出現することになる」

「でも、そんな人物が、今の書店業界にいますかね」

「それが、少ないながらいるんだな。もし君に興味があれば紹介しようか。私とは長い付き合いで、今も定期的に会っている間柄だ」

「ぜひお願いします」

もはや予言とかの範疇を超えた予測可能な事実が確実にある以上、門脇には役員の話を聞いていることしかできなかった。それでも、プロの仕入れバイヤーの存在については興味があり、近々紹介してほしいと言った次の週に、その連絡が来た。一体、この役員は何枚カードを持っているのだろうと思いながら一緒に訪ねたのは、都内の中央線から、少し入ったある私鉄の駅前の書店で、住宅地と役所等が隣接しているような場所だった。

その書店で、早速、役員から紹介されたのは森口という店長で、歳は門脇より五歳上の五五歳だという。ちょっと斜に構えたふてぶてしい風貌だが、紹介された後すぐにかかってきた電話が長く、仕方ないので近くの喫茶店で役員と待つことにした。二〇分後に森口はやってきた。

「何ですか、今日は。役員が来るのは珍しいじゃないですか」

「いや、会社で話のついでに森口さんのことを話したら、弊社の、文芸誌の編集長が森口さんに会いたいと言うもんで、久々に顔を出したというわけだ」

「そうですか。でも、編集の人が書店のオヤジの話を聞いても仕方ないんじゃないの」

「いえ、そんなことはありません」

「じゃあ、ズバリ言うけど、その『文芸界』だけど、ウチは城所さんとのご縁もあって、毎号三冊置いている。でも、もうほとんど売れなくて毎号そのまま返品だから、そろそろ休刊にしたら、と言われたらどうしますか」

　役員は横で、何かニヤニヤしながら、森口の言うことを聞いていた。門脇が次に何を言うかを待ち構えているようにもみえる。

「参ったな、そう言われましても」

「売る側の書店が必要とないと考えているものを、どうして出版社が一生懸命作り続けているのか、その答えを一度聞いてみたかった。文芸誌がないと、単行本が作れないわけではないでしょう？　これは役員から答えてもらってもいいんですが」

「いや、これについては門脇に答えてもらおう」

「あの、そう簡単にですね、伝統ある文芸雑誌を一方的に止めろというのは」

「一方的じゃないよ。これだけ売れないのに休刊しないのは、出版社の商品としてどう考えているかということだ」

　この辺から、森口の口調が最初に会った三〇分前から変わってきた。

「その理由を推測すると、要するに、出版社側は連載したものをまとめて単行本にするためのストックの場所と考えている。これは誰にもわかることだとしても、その単行本は果たして読者のために作られているものなのか、ということだな」

「というと?」

「つまり、作家の生活のための場所を提供しているだけじゃないのかということだ」

ここまで痛いところを突かれると、さすがに門脇も反論できなかった。本音を言えば、門脇も森口の意見と大体同じだ。確かに森口の言う通り、作家の生活のための場所を出版社が提供していることになる。だが、出版社の人間として、いや編集者として、この場でそういうことを発言するわけにはいかない。

文芸誌の存在は、ある意味、出版業界の暗黙の了解だったとしても、今もそうだとは言い切れないのがもどかしいところだと門脇も自覚していた。文芸誌は何のために半永的に持続して制作され続けているのか。別にそんな雑誌がなくなっても、誰も困らない。困るのは作家だけであるのなら、そういう売れない雑誌を書店に押しつけるかのように送品してくるのは、ムダの一言に尽きると森口は言いたいのだろう。

「そんなに売れない作家が、出版社にとって大事ですかね。売れている作家にとっては迷惑な存在じゃないですか」

門脇は、森口の意見にほぼ同調はしているものの、ここまで言うには何か他に理由があるような気がしてきた。単に書店からの一つの意見としては度を越えたところがある。だが、そういう門脇の思惑を嘲るかのように、森口は続ける。

「雑誌はともかく、単行本のときは、逆に作家の方から資金を提供してもらって作ったらどうですか」

「いくらなんでもそれは言い過ぎじゃないですか。そこまでの意見はおかしいと思います。少なくとも、出版社の文芸誌の担当に言うべきではないことです」

「それは、あんたが机に向かって、本を作っているだけだからだよ。別に、書店側の意見をすべて聞けと言っているんじゃない。今、俺が言ったことを一度でも考えたことがあるのか、と言っているんだ」

門脇も一つの雑誌を預かる編集長として、編集者のあり方について考えたことがないわけではなかった。だが、編集者が毎日の仕事で相手にしているのは所詮作家だけだ。内容について考えるのが精一杯で、文芸誌の売れ行きに関して考えたことはほとんどなかった。おそらくすべての編集者がそうだろう。だが、ここまで出版不況が長引いていると、無関心でもいられない。つまり、自分が所属している雑誌がなくなると、その後の受け皿はないわけで、ある日突然来るかもしれない廃刊要請に自分は耐えられるのか。それを跳ね返すだけの材料を自分がどれだけ持っているか、目の前の森口の発言は全く的外れではなく、自分のアイデンティティについての根本的な疑問でもあった。それを初めて会った書店の人間に指摘されるとは。屈辱感より、自分への情けなさの方が大きかったのが門脇にはショックだった。神経を逆撫でするような、門脇への森口の言葉は依然として続いていた。

ここまで来るとほとんどケンカ腰だったが、それまで黙って聞いていた役員が、その機会を待っていたように、前のめりになる。

「私は両方の意見を、ちょうど真ん中で聞いていた。つまり私は今、読者の立場にいるわけだ。それで二人の意見を聞いて、読者としてこう思った。どちらもお互い立場を主張しているだけで、読者の立場は全く無視されているということだ。書店員と、編集者。二人のどちらが読者側に近いのかとずっと考えていた。だが、どちらも近いどころか、お互い別の方向を見ているんだな。当然、読者の方を振り向くことはほとんどない。これが今の私の意見だな」

「役員はいつも綺麗事を言うからな。こういった話はケリがつかない。まあ、この話の続きはこの次にしましょうか。それと、あんたに最後に言っておきたいことがある。ウチにもいろいろな出版社の営業が来るけど、その顔ぶれがここ十年くらい変わらないんだ。その理由がわかっているのかな。つまり、新規採用をほとんどの出版社がしていないということだ。これだけ若い人材が入って来ない業界も珍しいんじゃないかな。まあ、書店も同じだが」

言われてみればその通りで、門脇は、一応、出版業界最大手と言える自分の会社でも若い人材が姿を消していることに改めて気づかされた。そういえば、編集部だけで言っても、十年近く正社員枠では新規採用をしていない。これはどういうことなのか。

第十七章

販売の職人

書店を辞した後、門脇は車の中で役員と話していた。

「どうだった。独特のタイプだろう。ちょっといないと思うな、ああいう書店員は」

「ええ、一種のカルチャーショックでしたね。出版社は本を作るプロが集まっていると思っていましたが、書店側にも本を売るプロがいるということですか」

「そうだな、実は私自身、森口に会うまでは、出版社の人間としてしか本を見ていなかった。ところが、あることで、本は作るだけでなく、書店で売れて初めて商品として完結するということに気づかされた。私も出版のある一方しか見ていなかったんだな。本を作る発想、視点についてもそうだ。つまり、本を売る側や読者のことを全く考えないで本を作っていたんだ」

「出版社側にしてみれば大体そうでしょう」

「今まではな。だが、買う読者側から書店に並んでいる本を見てみると、全く違う角度、違う考えで本を買っているということが森口と知り合ってよくわかった」

「たとえば、どういうところですか」

「それより、なぜ私が森口と知り合ったかを話した方が早いだろう。あれは、確か1980年代に入った頃だったな。自社で発行していた海外提携のアメリカの男性雑誌があっただろう。その中のグラビアの写真で、まあ、いわゆるアンダーヘアが少し見えていたとかで社内で自主回収をするかどうかを取次と話していたとき、発売して二、三日目くらいだったかな。

販売部と打ち合わせして、自主回収の通知を書店に流す寸前に、ある書店からの電話がしつこくて販売部の担当がずっとそれにかかりきりなっているというんだ。それで、私が代わりに出ると、その自主回収するといわれているその雑誌の在庫はあるかという問い合わせだった。元々、定期雑誌の在庫は事故用とかの予備しか残していないのが業界の常識で、書店注文用もほとんどない。しかも、今回は自主回収しようとする雑誌だから、在庫がないのはもちろん、あったとしても出荷を止めるのは当然だ。そもそも、自主回収するかどうかを取次から書店に通知を流す前にどうして知っているのかと思ってそれを質すと、〝昨夜、お宅の社員でウチの近くに住んでいるお得意さんがいて、話のついでにそのことをポロッと漏らした〟と言うんだな」

「確かに、あの書店の近くには自社の社員だけでなく業界の人間が多いんです。それと真夜中まで営業している書店はあそこしかないので、考えてみれば、この業界の利用客は多い筈です」

「そうだな、それで、その雑誌を回収するのなら、今ある在庫をすべて引き取るから回してほしいと言うんだ。しかも、回収の後に返品になった分もほしいと言うんだ。回収をかけて返品になって、再出荷できる分を選別する時間を考えると、どうしても、次の号が出る頃になる。そう説明すると、さらに好都合だと言うんだ。次の号の横に、回収した前号が並んでいると、併列販売で効果的だとか言っていたよ」

「それで、どうしたんですか」

「本来なら、そんな出荷方法を取るわけがない。だが、そのときの電話でもう一つ面白いことを言っていた。別に、〝この号は回収になった雑誌です〟と大っぴらに販売はしないと言うんだ。レジの前の雑誌コーナーで普通に販売しますと。それまで仕入れに熱心だったのに、なぜそこからトーンが下がるのかと思って聞くと、そういう雑誌は何もしなくてもただ置いておけば勝手に売れるんだと言っていた。つまり、あえて何もしないでいる方が効果的だと。これは面白いと思って、在庫で残しておいたのと宣伝用、代理店用、その他、資料室分もすべてかき集めたら、なんとか五〇〇冊くらいになった。この雑誌は創刊号が午前中に売り切れた伝説を持っている雑誌で、80年代に入ってもまだ二〇万の部数を維持していたから、なんとかこれだけの部数をそろえることができた」

「しかし、自主回収しようとしている雑誌を五〇〇冊も書店に入れるとなると、取次が黙ってないでしょう」

「もちろんそうだ。だから、わざと別便で、〝書店直送扱い〟として、直接、自社倉庫から、その書店に送ったんだ。清算は取次伝票回しで。その伝票は二五日締めだから、その日に直送の伝票に印をもらうまでは取次はもちろん、誰にもわからない。この雑誌は毎月二五日発売で、発売三日目で自主回収とか言っていたから、森口の書店にはその二日後に到着している筈で、販売期間はほぼ三週間あったわけだ。他の書店には回収を呼び掛けていながら、だ」

「それで結局どうなったんですか」

「そうか、君はまだ入社していなかったから知らないか」

「ええ、88年の入社ですから」

「ここからは少し森口の自慢話になるが、到着して一週間もしないうちに、なんとその五〇〇冊は完売した。少しずつ補充していって、わざと漫画雑誌の横にいかにも無造作に置いておいたと言うんだ。まるで、ポーの『盗まれた手紙』みたいじゃないか。回収については新聞でも報道されたこともあって、一部の回収漏れのものが高値で取引されていたらしいが、なぜかその書店にあったのを見つけた客が、そのまま買っていた。さらに、その人間が他にもそのことをしゃべる、伝えるといった具合であっという間に噂が広まったんだろうな。今だったら、スマホとかSNSがあるからもっと早かったかもしれない。

　だが、本当に吃驚したのはその後だ。回収した返品でも引き取りたいという森口の言葉を覚えていて、返品処理で断裁する前に少し残しておいた。ところが、私の伝えた残部の数字を一桁間違えて、三〇〇〇部と聞いたらしいんだな。結局、その三〇〇〇部を引き取って、改装、選別すると半分の一五〇〇部は出荷できるようになったが、さすがの森口もそんな部数はいらないだろうと思っていたら、全部引き取ると言うんだ。だから、前と同じ方法でその一五〇〇部を送ったのが、ちょうど次の号の発売日だった。最初に言っていたように併列販売すると、それは売れただろう。並列している最新号では、前号の回収のお詫びを掲載していながら、その書店ではすぐ真横にその問題の号があるんだからな、売れるに決まっている。最終的にそれも二週間で完売して、以前送ったのと合わせて計二〇〇〇冊、定価五〇〇円だったから、計一〇〇〇万円の売上というわけだ。三十年以上前のことだから、今でいうと、感覚的には倍だろうな。これは森口の店には大きな売上になっただろうと思う。その後で、私はその書店を訪ねて、初めて森口と会ったんだ。それからの付き合いということになる」

「なるほど、それはスゴい話ですね」

「でも、もうそんなことはこれからは起こらないだろうな。森口もそう言ってたよ」

「そうでしょうか」

「本の売れ方もその時代に合ったものがあるということだ。今話したのは80年代のことだが、いわゆる本の時代があったとすればその頃までだな。それ以降は、私にとっては、全く違う本の時代だ」

役員との会話が終わりかけた頃、車は集談社の本社に近づいていた。

第十八章

出版経営の内実

役員に紹介された書店で興味深い話を聞いた次の日、取次で、新刊説明会の打ち合わせに来ていた門脇は偶然、藤崎と出会った。昼食を共にしながら、藤崎から、飯田を紹介した件については再度の謝罪があったが、そんなことはもう門脇にとってはどうでもいいことで、昼食に誘ったのは先日の森口の言ったことがその理由だった。森口について聞いてみると、藤崎は営業だからか、当然その存在を知っていた。だが、門脇は森口から聞かされた、この業界から若い人材が姿を消していることが強く印象に残っていて、気になって仕方がなかった。

そのことについては藤崎の考えも同じだった。

確かに、森口に言われるまでもなく、元々採用の少ない業界だが、自社でもここ十年、新規採用はなかった。基本的に企業規模が中小企業体質ということもあるが、出版不況もあり、藤崎の会社以外でも一部の大手を除いて、最近新規採用はほとんどない筈だ。そういえば、藤崎の会社でもいちばん若い社員が三〇歳で、それより上はいても、下はいなかった。実際、そんな余裕がないのが本音だったが、何よりも出版社ほど、人員そのものが会社の業績を左右する業種もないからだ。

そういえば以前、他の会社の営業で、業界の寄り合いで同じことを言っていたのがいたのを藤崎は思い出していた。因みにその営業は藤崎より五歳下の、中堅出版社の社員だった。

「藤崎さんのところは今、社員数はどのくらいですか」

「さあ、編集、営業以外も含めて、五〇人くらいでしょうか」

「それはスゴい。今、出版社で社員が五〇人いたら、相当なものですよ。やはり、雑誌があるからですね」

「雑誌がないと、やはり大変ですか」

「もちろんです。定期雑誌があるからある程度、売上の金額も回転するわけで、書籍だけだと、五〇人というのはまず考えられないですね」

「そうなんですか」

「これは大手でも同じです。大手は全体の人数は相当なものですが、書籍部門だけでいうと、多くて五〇人前後といったところでしょう。毎月の刊行点数を年間で逆算して、担当一人当たり、年間四、五冊のノルマがあるとしても、その通りに刊行したものが予定していたように売れるとは限らない。いや、そうならないのがほとんどです。これが赤字になると、その担当の想定していた売上が消えてしまって、さらに損失まで発生するようになる。極端ですが、我が社ではそういう担当にはあまり時間が経たない内に退職勧告をするようにしています。これは別に非情なわけでも何でもありません。


編集者にとっての必須条件は利益を生み出す商品としての本を作ることでしょう。自分の趣味で本を作るようなのは論外にしても、利益と赤字は別に一点の商品で判断するのではなく、仮に一年間にその編集者のノルマが五冊とすると、その中で最終的に利益を出せばいいんです。すべてのタイトルから利益が出るとは私も考えていません。しかし、年間のトータルでは収支を合わせてもらわないと困る。これについては、出版社の規模に拘わらず、どこの出版社の編集者にもそのくらいの職業意識はあるでしょう」

藤崎はその営業の口調が、自社の営業担当役員と同じなのがおかしかった。どこの出版社の営業担当も同じことを考えるらしい。だが、一方では間違いなく、この営業の言うとおりだった。

無限増殖するように、売れているときは刊行点数の増加、増刷を繰り返していたこの業界は、ひとたび売上が落ちても生産調整といったものを全く考えたことがなかった。そのためか、どうしても、会社自体のダウンサイジングを考えることが後になってしまう。出版社の売上が落ちてきたときは、社員数が命取りになるというのは昔から言われていたことだったが、バブル期の売上と、それと併走していた漫画の売れ行きが落ちるのが他の出版物に比べて少し遅かったためか、それに気づいていなかった出版社が大半だった。今にしてそう思う。それは藤崎の会社も例外ではなかった。

さらに、その営業は話を続けた。

「ついでに聞いていいですか。藤崎さんのところはすべて社員ですか」

「というと?」

「正社員と契約社員の比率ですよ」

「いや、まだ正社員がほとんどだと思いますが」

「それも余裕ですね。正社員がほとんどということは社会保険料もそれだけ支払っているということでしょう。これが今、大変なんですが」

「でも、契約社員でも社会保険料は支払っているでしょう」

「ええ。ですが、契約が切れたら、支払う必要はないでしょう。ウチでも以前、それで会社の資金繰りがキツくなったことがあって、以後は十五年くらい前から、新規入社からは、すべて契約社員で会社の人員を固定するようにしています。定年退職があっても、補充は原則としてしないで、現時点で欠員が出たときだけです。これで十年前から二五人体制を維持しているというわけです。でも、私はこれでも多いと思っていますけどね。売上が上がっていないんだから、下がるのに合わせて社員数の減少がなければ、全体を維持することはできませんよ」

　その営業の会社は雑誌コードがなく書籍だけだったから、社員二五人を維持するのは確かに大変だろう。単純に、一〇億円前後と言われている年商から逆算すると、社員の給料、社屋の賃料、オフィス管理費、仮払い分の金額を含めて、毎月一五〇〇万円前後の固定費が最低必要になる。ということは、毎月の売上は、注文売上と委託売上を含めて、正味で七～八〇〇〇万円前後が必要で、これが採算分岐点まで売れていればいいのだが、ある月に出した点数がすべて赤字になると、その清算月の資金繰りには確実に欠損が出ることになる。ある程度読者がついた雑誌を持っていればなんとか維持することができるのだが、これも仮にある月に、返品率が50％以上になると、その営業の会社、その書籍版元と同じことになる。いかに、未知数、不確定の部分の多い、浮き沈みの激しい業界かと、藤崎は今更ながら思い知らされていた。

しかも、今まで中小出版社をなんとか維持していた筈の雑誌の売上の落ち込みは業界全体でも年を追って厳しくなり、スマホの影響は無視できないにしても、遂に今年になって、上回っていた筈の書籍の売上よりさらに落ち込んでしまった。書籍、雑誌ともに下降しているのであれば、この業界に残されているのは、破綻の前の、廃業とリストラしかないというのは既に目の前の現実となっていた。

当然、現在の出版業界での業務はキツくなるばかりだが、最近よく世間で「ブラック企業」という言い方を聞くたびに藤崎は何か違和感を覚えていた。「ブラック企業」と言うのは簡単だが、社会に出て、自分をいつまでも学生のように扱ってくれる会社があると思っているのだろうか。考え方によっては、新入社員にとって社会人として入った会社はすべて「ブラック企業」的であり、そうでないとも言える。金を稼ぐことが一体どういうことかわかっていないのではないか。キツい仕事と新入社員が考えると、その瞬間すべての会社が「ブラック企業」になってしまう。だが、そんなブラック企業で給料をもらうほどの仕事をしていれば、他の会社に入っても十分やっていける。仕事を選り好みしている限り、永遠に仕事には縁がなく、金も入って来ないと藤崎は思う。

　その意味で言うなら、出版業界は元々ブラック企業体質の一部を兼ね備えている。元々楽な仕事というものはないのだが、クリエイティブな仕事で時間が自由に使える職種と勘違いしている連中が多過ぎる。時間通りに書き手が書いて、時間通りに、ちゃんと本が刊行されると思っているのだろうか。そうでないことが多いからこそ、そうでない状態にするために従事している人間がいて、それが仕事になっているわけだ。しかも、それは確実に売れるものでなくてはならない。これは藤崎が出版業界で学んだ鉄則の一つだった。

　藤崎は別のことも考えていた。これから十年先、自分が六〇歳定年になった後は、いちばん若い社員でも四〇代になる。こんなに高齢化している業界が他にあるだろうか。高齢化社会に歩調を合わせていると言えばその通りだが、別の意味で言えば、産業として将来性という言葉には全く縁がない、未来のない業界ということになる。

　だが、よくしたもので、そんな十年くらい前の時期から、出版社志望の人間が目に見えて減っている現実が一方にある。編集も昔のような人気商売ではなく、いつも時間に追われて、休日のない不規則な生活に関心がなくなったのか、新規採用がないから応募がないのか、いずれにしろ、この業界自体が急速に他の業種から、魅力のない業界と思われているのは確かだった。

藤崎はもう一つ間接的な要因があると思っていた。これは最近、門脇と話しているときに気づいたことだが、今まで出版業界に来る筈だった人材は、結局どこに行ったのかの話になったとき、彼はこう分析した。

「それについては私も考えていましたが、現在どうやらその人材の一部は確実にＩＴ業界にいるでしょう。実際、画面上で記事を作成する作業は広義の意味では、出版のある部分と同じですから。その記事を作成するための取材に関しては、発表するメディアが違うだけで、本質的に変わりはない。でも、私が入社した１９８８年はバブルの真っ最中で、この業界も狭き門でしたが、その時期に出版社には入れなかった連中はほとんどが広告業界に行きました。私のまわりは間違いなくそうでした。時代ですね」

だが、そういう現状を理解していても、藤崎はあと十年、六〇歳までなんとかこの業界にしがみついていなければならない。

それに関連して、さらに藤崎が最近自分でも納得せざるを得ないことがあった。自分の周りの、二〇代はもちろん、三〇～四〇代がほとんど新聞を取っていないことだ。取ってないことは読んでいないことだ、と思ったところが藤崎の時代遅れの証拠の一端だった。なぜ新聞を読まないのかと聞くだけで年寄りを見るようにこちらを見る。

今、新聞は、紙ではなく、スマホ、ｉＰａｄで読むのが一般的なのだという。これは、藤崎と同年代の他社の営業に聞いても答えは同じだった。つまり、新聞の発売と同時配信しているわけだから、メディアは違っても同じ記事を読んでいることに違いはなく、一種類の新聞以外の記事を短時間で同時に読む方法はこれしかなく、こちらの方が真の意味で新聞を読んでいることになるのだという。ほとんどの新聞が有料会員になっていないと、記事は途中までしか読めないが、ラッシュ時の車内で紙の新聞を広げている場合じゃないということらしい。また、遠距離通勤で通勤一時間以上はザラだから、会社に着くまで、この方法で新聞すべてに一部でも目を通しておくのが日課というサラリーマンが多く、これは五〇代でも例外ではないらしい。ということは、藤崎は既にこの意味でも、完全に時代遅れの存在ということになる……。

＊

藤崎がそんな思案をしていると、携帯が鳴った。相手は以前からの知り合いの加賀山だった。加賀山は出版業界紙『新出版通信』の編集長で、五歳くらい上だったが、取次の幹部から紹介されて以来、何故か気が合ったこともあって、お互い業界情報の交換ということで、今でも定期的に会っている間柄だった。

加賀山の声は慌てていた。

「申し訳ないが、ちょっと至急会えないかな。どうしても今日中に聞いておきたいことがあるんだ」

「何ですか。ちょっと普通の話じゃないようですが」

「まあ、それは会ったときに話すよ」

「じゃあ、お互いの最寄り駅のいつもの居酒屋で、20時でどうですか」

「わかった。俺は先に行って飲んでいる」

その日、加賀山は藤崎に会ってすぐ話を切り出した。時間に追われているのは明らかだった。

「何ですか、至急の用というのは」

「話は、例の新英社の身売りの件だ。知っているんだろう」

なぜ加賀山がそんなネタを知っているのかわからなかったが、先日の集まりの際の箝口令を思い出して、ここは知らないふりを通さなければならなかった。

「というか、私は別に大手の新英社に知り合いがそんなにいるわけじゃないし。大体、身売りってどういうことですか」

「隠さなくてもいいよ。先週、いつものメンバーに、東京屋の江田さんを加えて集まっていただろう。ちょうどその日、細井さんと全販の大堂さんに取材しようと思っていたら、両方とも今日は用事があるというんだ。そうすると、あんたが入るいつもの面子に違いないと思ったんで、じゃあ、もう一方の江田さんに聞くかと思って直接行くと、今日は直帰だというんだ。それで、その部下に問い詰めると、今日は確か、全販の大堂さんと会うことになったので、何かあったら携帯で知らせてくれと言って直帰したらしい。夕方から、仕入会議があるのに、明日の朝に延期されたとボヤいていたよ。それで教えてくれた店に行ってみたら、あんたたち四人が個室にいたというわけだ」

「いつものメンバーの大堂が江田さんを連れて来たんです。それだけのただの飲み会ですよ」

「そうかな、実は今日、細井さん、大堂さん、江田さんにそれぞれカマをかけてみたら、どうも歯切れが悪いんだな。それで、あんたに聞こうと思って呼び出したわけだ。新英社の身売りの話は別のところからの情報で、その確認で取次を取材していたが、どうもハッキリしないんで、それで」

「私を呼び出したわけですか」

「そうだ。実は明日が校了日でね。その最後の確認というわけだ」

「しかし、そんなことを私が知っている筈がないでしょう」

「実は、この情報の最初は江田さんからなんだ。だから、心配しなくていい。名前は伏せるから。取次や版元の人間もそのことをすでに知っているという確信がほしいんだ。このコメントがあるとないとでは記事の信憑性が全く違うからな」

そこまで知っているのなら隠しても仕方ないと思ったが、あれだけ、このことは他言無用と言っていたのに、一方では業界紙に情報を流すとはどういうことなのか。自分も江田に何か利用されているのか。

「まあ、そういうことがあると江田さんは言っていました。でも、業績が不振でも、まさか新英文庫の版権まですべて手放すとは」

「え？　それは初耳だな」

しまった——ここまでは江田も話していなかったのか。

「それで、その金額は？」

加賀山がさっきからしきりに手元の手帳にメモしているのを、藤崎はどういうわけか忘れていた。

第十九章

悪意の交換

門脇は先週、加治木に今回のプロジェクトの肝となるプロットについての説明を受けた後、すぐに次の事を考え始めていた。その映画化が決まっているノベライズにはもう一つ条件がある。つまり、なんとかしてその年度の直川賞を受賞しておかなければならない。しかも、その前に、直川賞の選考委員、九名を攻略する必要がある。まずこのための買収計画から、門脇は加治木と策を練ることにした。加治木はその直川賞主宰の出版社社員で、選考会の裏方を務めているその人物、棚田も交えて、その攻略法を話し合うように提案してきた。棚田と加治木はどうやら以前からの知り合いで、代理店時代には加治木の同僚だったらしい。

これは広告のプレゼンと一緒ですからと、変に自信ありげなのが門脇にはおかしかったが、もう門脇自身もいつのまにか代理店の人間のような感覚になっていたから不思議なものだった。

会うと、さっそく話し始めたのは棚田だった。

「選考委員の作家について、最新情報も入れて簡単に説明しておきます」と断って話すのが何か商品説明のようだったが、そう思ったのは門脇だけだったかもしれない。

「まず、長老とも言われる人物が二人います。ご存じのように、時代小説の第一人者である村下先生。もう一人は、私小説的なエッセイで、今も尚、睨みを利かせていると思っているのは本人だけという橋口先生です。最近は全く書いていないのに何故この二人が選考委員を辞さないのかは疑問ですが、もう先も長くないというので、それを待っていたら、意外に長生きで、まだそのまま委員になっているだけです。ボケているのかと思うとそうでもない、逆にボケてないと思っていたら、認知症の初期症状にも見える言動があるという具合ですが、私はほとんど演技だと思っています。都合のいいことだけ忘れますからね。これしか今、仕事らしいものがないのですから、辞めないのは当然ですよ。それを知っていて、そうさせないように機会を窺っているんですから、この二人の人物自体が既に小説的人物になっていると言っていい」

「大変ですね」と一応、労いの言葉をかけると、棚田は冗談交じりにこう言った。

「そうですが、まあ、養老院と言うか介護施設で働いていると思えば、そんなに苦にはなりません」

「実は、棚田は近いうちに早期退職をして、自分で介護施設を開設するらしい。父親の介護もあるから、もう決めたそうだ」

「そうなんですか。いずこも同じですね。実は私の両親も……」

「いや、ひょっとしたら介護施設経営の方が、出版よりも儲かるかもしれません」

何の話をしているのかわからなくなった。

「少し話がそれましたが、この選考会の段取りとか進行も、老人の相手をしているという点では本質的には同じことなんです」

確かに棚田の言うとおりだった。村下は今年八四歳、橋口もほとんど同じくらいの筈で、後期高齢者の七五歳をとっくに過ぎている。元気なのは結構だが、こんな老人に今の三〇～四〇代が書く小説がわかるのだろうか。もっと問題なのは、この二人を筆頭に、後の七人も、団塊の世代で六五～七〇歳が五人、残りの二人が六二歳と五九歳で、これがこの選考会でいちばんの若手ということだった。別に若ければいいというものでもないが、門脇の年代から見ても、自分と同じ年代――五〇代前半がせめて一人、二人はいるべきだと思ったのは本音と言ってもよかった。さらに、この辺を下限年齢にして、上限を団塊の世代に設定する、これがいちばん理想的な年代の振り分けだと常々思っていたが、どうやら棚田も同じ意見のようだった。

「門脇さんの仰る通りで、とにかくこの村下先生と橋口先生をなんとかしないと、選考会でこちらの意見を通すことはまずできません。それといわゆる買収にしても、この二人はもう先が長くないせいか、別に金でも女でもないらしいんです。さらにお世辞も通用しないので、だから、尚更厄介なんですが」

今度は加治木が話し始めた。

「とにかく、なんとかしてその二人に外れてもらわなければならないんですが、今回が最後にしても、今回はまだ出席するわけでしょう。最後にするための交換条件を考えなければなりません。しかも、金、女、以外の」

その後、棚田は意外なことを話し始めた。

「そうすると最後は全集の出版しかありませんね」

「全集というと、その作家の個人全集ですか」

「まあ、そうですが、これが作家にとっていちばん効果があると思いますね」

「そうでしょうか」

「間違いありません。結局、作家は最後まで作家なんです。作家にとっていちばんの希望は自分の個人全集を生前に出して生涯を終えることです。これに代わる条件はないと思います。それと、言うまでもありませんが、これは紙の全集のことです。今の出版状況では、全集は電子だけというのは常識とのことで、これは門脇さんの方が詳しいと思いますが」

なるほどそうかもしれないと門脇も一人納得していた。この出版不況もあって、その二人の作家の最後の本が出たのは七年前だった。そこに、電子ではなく、紙の個人全集の話を持ちかけたら、感激のあまり、心臓麻痺でも起こすかもしれない。それならその方が好都合かもしれないが。

「しかし、二人とも作家生活は五〇年以上ですから、作品も相当な量で、巻数も五〇巻じゃきかないと思いますが」

「それは大丈夫です。全集が完結するまで生きていないことを見越して始めるわけですから。言い方は悪いですが、亡くなった時点で中止すればいいんです。もっとも、売れていたら別ですが」

「全集を始めておいて、著者が死去したので途中で中止となると読者から苦情が出るんじゃないですか」

「読者がいれば、の話ですよ。それと、亡くなった時点で中止することについては、〈内容の選択も含めて、著者と協議の上で進行していたので、以後の刊行については未定です〉と言っておけば、どこからも文句は来ないと思います。そもそも、今誰も知らない、ほとんど忘れ去られている作家の全集ですから、そんな苦情はあり得ませんよ」

「なるほど。しかし、刊行し始めてそう簡単にすぐ死にますかね。最後の目標になって、老後の励みと思って、寿命が延びるかもしれませんよ。意外にこの年代はしぶといですから」

「そのときはそのときで、そうですね、三巻目あたりで病院に検査入院とでも称して入ってもらって、そのまま最後を迎えてもらうことでもいいんじゃないですか。病名は後で考えることにして」

門脇は、棚田が何を言っているのか、どこまでがブラックジョークなのか、一瞬わからなかったが、他人の寿命までこの時点で考えても仕方がない。今は、これからの予定のことだけを考えればいいと自分自身に言い聞かせていた。

「後の七人の先生方ですが、大体次のような経歴です」

それぞれの簡単なプロフィールと作品歴等をまとめたレポートが配られた。男女比では、男性四人、女性三人。

田山は、七〇歳、経済小説でデビューしたが、以後もそのまま同傾向の作品を銀行勤務の傍ら書き続けていたが、十年前に退職した後は作家専業になっている。もっとも銀行時代から出世コースで老後の蓄えについては全く心配がないらしい。作家業は老後の楽しみの一つだと公言している。性格は温厚で、敵を作らないタイプなのは銀行員時代の処世術から来ている。

田辺は、六九歳、最後の無頼派と自称しているが単に酒癖と女癖が悪いだけにしても、女についてはそれだけの年季が入っており、今なお、官能小説の分野では一応大家となっている。既に三回結婚して三回離婚、三人の愛人に都合十三回中絶させたという噂もある。今は娘くらいの年の編集者を愛人にして毎日努力している。バイアグラの飲み過ぎで、最後は腹上死するのが目標で、遺作も既に書き上げているらしい。

越智は六八歳、女流作家の中では異色の存在で、大学中退後、学生運動の体験をテーマにした作品でデビュー、以後も女性の論客としての存在感は今も健在で、革新政党からの誘いもあったが、何故か断ってしまった。その後も政治的な発言が多い。朝のワイドショーには出演しないが、深夜の情報バラエティ的な番組になるとテーマによってはたまに出ることがある。何時もサングラスをかけているので、素顔を見た者はここ二十年いない。

学生時代から同棲していた相手がいたが、デビューと同時に別れたらしい。以後は独身を通しているが、不特定の相手はいるとのこと。

下野も六八歳で、いわば田辺の女性版で、「女性にも性欲がある」というテーマのエッセイでデビュー後、そのモチーフを小説にした作品で直川賞を受賞。フェミニズムの闘士でもあり、女性の権利を確立するのを生涯のテーマとしている。学生結婚の既婚者だが、夫は大学教授、一人娘は不登校で海外に留学させていたが、十年前に帰国して、母親の仕事を手伝っている。

南村は六五歳、教師出身のミステリー作家で、デビュー作はミステリーだったが、その後ジャンルを変えて、今では何でも注文に応じて書く器用貧乏的な存在になってしまった。賞には縁がなくなったが、コンスタントに作品を発表していて、一度は必ず重版がかかるのはこの選考委員の中では南村だけだった。同じ教師の同僚と職場結婚して、息子も教師、世間では教育者一家として知られている。

綾小路は六二歳で、元はコピーライターだったが、バイトで始めた作詞が当たって売れっ子になり、その勢いで小説を書いたら、その軽さからか、女子大生に一大ブームを巻き起こした。それから十五年、今もそんな作風で〈シティ小説〉と称するものを書いているが、シティ小説という言葉自体今や死語で、読者はもっぱら地方の中年層だけになっている。映画化された作品も多いが、ここ四、五年はヒットに恵まれていない。

河田がいちばん最年少で五九歳だが、元はＳＭクラブのモデルという異色の経歴で、その体験を元にした小説でデビュー、一大センセーションを巻き起こしたが、そのヒットが大きいほどその後の反動も大きく、以後は小説より、男と女に関するエッセイが多い。同じ女性をこき下ろした、シリーズ『女は男の便利品である』で未だにその名前は消滅していない珍しい存在となった。レズビアンを公言していて、十年以上同居している相手がいる。

以上が、長老二名以外の七人の選考委員だったが、門脇は職業柄、全員と面識があり、その分、今回の計画がやりにくい立場にあった。なまじ面識があるだけに自分が動くと真意を悟られてしまうので、誰か代役を立てる必要がある。加治木も棚田もそれには賛同してくれたが、加治木からはその攻略法は門脇と棚田の方で考えてくれと言われてしまった。

仕方なく棚田と策を練ることになって、それぞれの作家について棚田に意見を求めることになった。

「そうですね。まず、田山先生ですが……」

第二十章

選考会

選考委員たちの攻略法のアイディアをある程度出した後、門脇は棚田に誘われるまま、酒席を共にしていた。確か棚田と門脇は同い年の筈だった。加治木の同僚だったということだから、出版社に入った時期は違うが、それでも出版社での在籍年数は十年以上になる筈だ。

「棚田さんは最初から選考委員会の担当だったんですか」

「加治木から聞かれているかもしれませんが、私は最初、〈電報堂〉にいたんですよ。この直川賞の選考委員会がテレビ中継されるときにそのスポンサーの担当からの出向という形で、今の出版社に在籍するようになったんです。賞のとき以外は、大体、編集総務といった形で、編集部と営業部の間の折衝が普段の業務です」

「そうですか、大変でしょう、編集総務というのは。こう言っては何ですが、言わば、編集の雑用一手引き受けといった側面が大きいでしょうから」

最初からぶしつけな言い方だったが、選考委員会の裏方を引き受けているぐらいだから、そんな物言いで動じるような相手ではないことはわかっていた。

「そうなんです。編集の写真掲載等の相手とのトラブルから、営業からの依頼のサイン会、イベントの段取りとか、本当に体のいい便利屋ですよ。もっとも、代理店の仕事は大体便利屋的なものですが」

「それよりいちばん大変なのは、選考委員会の裏方の仕事でしょう」

「門脇さんも同じ業界なのでご存じでしょうけど、私はこの仕事をして、いちばん吃驚したのは、作家という人たちです」

「吃驚したというと」

「いえ、作家と言うのは、ああいう人種なのかと思いまして」

「何かあったんですか」

「選考委員の、そうですね、別に接待的なことでしたら、女のことでも何でも、代理店時代と本質は同じなので、そんなに吃驚することはないんですが、私が驚いたのは、選考会でのことです」

「選考会がどうかしたんですか」

「以前、下準備をしているときに、テレビ中継をする前にリハーサル的なものを先に選考委員の方にしてもらうんですが、そのリハの司会をたまたま私が代理で担当したんです。これが何と言うか」

それから棚田が一部始終話してくれたことは、門脇も以前よりうすうす感じていたことでもあったが、そのすべてがわかるとなれば、さすがに門脇も平静ではいられなかった。

要するに、選考会の目的はただ一つで、それは現在の選考委員の作家の地位を脅かすような存在になると思われる作家の、「将来の可能性の芽をこの時点で潰しておく」ということに他ならなかった。

自分たちにも理解できて、受賞作一作で後が続かず消えてしまう程度の作家を年齢順に上の方から、毎年二回選んでいく。もちろん受賞作は、時々異例のケースはあるものの、元々大手五社の持ち回りになっているから、出版社がどのくらい選考委員たちに協力費の名目で金を渡せるかによって、受賞そのものと、受賞作家の人数も決まってしまう。

何年か前に〝該当作なし〟となったのは、その年の順番になっていた出版社の編集総務の担当が変わったばかりで、知らなかったのか、わざとなのか、謝礼金の金額のゼロを一つ間違えて渡していたのが原因だと噂をされた。また、その次の年に、受賞者が三人になったのは、順番以外の出版社が創立何周年かの年度に当たっていて、どうしてもその記念になる受賞作がほしいということで、従来とは別の金額を渡したらしい。もう一社は、聞いてみると馬鹿みたいな話だが、候補作の中に入っていた新人作家がその出版社の社長の一人娘が付き合っている相手だった。これを機に結婚させるつもりで受賞作にするために、更に巨額の金額をわざと、最高齢の作家である村下と橋口だけに渡して、選考会で逆転する形で受賞させたのは公然の事実となっていた。

よくしたもので、その作家はそれ一作で終わり、その一人娘ともうまくいかなくなり、結婚は棚上げになった。その後の処理は早いもので、その作家の名前がすべての文芸誌から一瞬にして消えてしまった。さらに、唯一の受賞作もいつのまにか「品切れ」扱いでこれもあっという間に、書店の店頭からまさに消失したと言っていいくらいの速さで姿を消した。

だが、棚田が接した選考会の本当の実態はそんなものではなかった。棚田は自分が説明するより、そのときのリハーサルの映像があるのでそれを見てもらった方が早いということで、後日、ＤＶＤが送られてきた。門脇は見るとはなしに、会社で業務の合間に見始めたが、とても社内で見る代物ではなく、その夜自宅で一部始終を見て、棚田の言うことがよくわかった。これは「新しい才能の芽を摘み取る」というような生易しいものではなく、現代の俗物たちによる、悪意のサンプルとも言えるものだった。


映像はいきなり、司会の棚田の発言から始まった。

「それでは、今回の直川賞の選考会を始めたいと思います。候補作は、前月にお送りしてある全八作品になります。その中から、それぞれ推薦作をまずご出席の全委員から順にお聞きしていきたいと思います。候補作は次の通りです。


『私の仕事はノーモア・ビジネス』

『コンピュータ・ウィルスの恋人』

『妻の日記』

『雨の降る夜には』

『私の体を通り過ぎた女たち』

『海峡よ、さようなら』

『回想の虎馬邸殺人事件』

『北の国から帰ってきた恋人』


まず村下先生、いかがですか」

村下がおもむろに話し始めた。

「選考の前に送られて来た八作だが、これは一体誰が選んだのかね」

「はい、ご存じのように、下読みの段階で、第一次選考、第二次選考を経て選んだのが、今回の八作になります」

「そうかね。しかし、この中で、『私の仕事はノーモア・ビジネス』と『コンピュータ・ウィルスの恋人』は最初から除外した方が良いんじゃないか。この二作を選考の対象にするのは時間の無駄だ」

村下が挙げたのは、帰国子女が書いた、帰国後、企業の中で体験した日米のカルチャーギャップをテーマにした小説で、文中にやたらと英語が多く、この点が難点とも言えるが、逆に今の日本の小説にはない新鮮な国際感覚が感じられると一部で高く評価されている作品で、下馬評ではこれが受賞かという記事もあったくらいだ。

だが門脇は、なぜ村下がこの作品を最初から除外させようとしているのかの理由がよくわかっていた。単純に、この小説の中に出てくる英語が村下には全く不明だということだ。大正生まれで、戦前から時代小説の中で生きてきた村下にとって英語交じりの小説など言語道断、理解不可能な対象だった。だから、評価以前に除外しておこうという魂胆があまりにも見え見えだった。

もう一点の作品は、ハッカー対策用のセキュリティーソフト作成専門のウィルス防御エンジニアの毎日を描いたもので、英語云々以上に、こういったジャンルの知識が皆無な村下が以前、「時代小説の世界に、まだコンピュータが出現したことはない」と放言して失笑を買ったのはまだ序の口で、その後に「電気を使う機械は、説明書を読んでもわからない」と言うと、ギャグを通り越して、自身の不見識を告白してしまうことになり、この言いわばSF発想的な言い訳を聞いた他の選考委員たちが全員腸捻転を起こすのではないかと笑いを堪えていたのを門脇は記憶していた。

橋口も村下の意見に同調して、最初からこの二作は選考対象から外されてしまった。だが、それは橋口も村下と同じようにここ三十年以上、脳の働きが停止しているだけの話で、この二人を説得していると、まずこの時間内に終わらないのはもちろん、〝該当作なし〟という結果になる可能性もあり、それだけは避けたいと参加した全員が思っていた。と言うのは、選考会の前日、主宰の文壇冬夏の役員から、今回も受賞作がない場合、選考委員をすべて一新する旨の文芸作家協会の結論が出ましたのでお知らせしておきますと伝達があったばかりで、つまり受賞作が出ないと、全員今回が最後になるということを意味していた。

「では、村下先生の推薦作はどの作品でしょうか」

「それは『妻の日記』に決まっているじゃないか」

『妻の日記』は、私小説一筋五十年の作家が書いた作品で、文字通り、十年前に乳がんで逝った妻の日記を見つけたこの作家が、妻との在りし日々の生活を思い出すという、今どきあり得ないような純情愛妻物語となっていた。何といっても、私小説作家の三大条件である、貧乏、病気、女、そのすべてを具現化している「最後の私小説作家」というキャッチフレーズは実は本人が考えたもので、著作の名前の横に必ずその表記があるので、業界でいつも失笑を買っていた。

「なるほど。橋口先生はどうでしょうか」

「私としても、これを推したいね。この作品の本質が理解できるのは、この中では私と村下さんだけだろう」

確かにそうだろうと門脇も思ったが、一体今、いつの時代だと思っているんだという怒りも同時に湧いてきた。これが最後の私小説だって？　最後に決まっているじゃないか。この二人が今年中にあの世に逝けば、間違いなくそうなる。だからこの二人は最後までこんな作品を受賞させようとしているのか。老人ホームの図書コーナーに置かれるだけのような本を出している場合じゃない。大体、誰がこれを候補作に入れたんだ。映像を見ながら、自然と門脇も興奮してきて、その会場にいるような錯覚を覚えていた。

　棚田はその発言に追従するような形で、

「まさしく古き時代の輝かしい片鱗はこの作品でないと感じられないと思いますが、他の先生方はいかがですか」

　棚田の発言に他の委員からは、

「いや、別に悪くはないですが、こういった古色蒼然とした私小説がいつまでも受賞作になるというのはどうなんでしょうか」

「私もそう思います。今どき、老いゆく男の私小説なんて誰も読まないでしょう」

　すると、待ってましたとばかりに、村下と橋口が同時に、

「私小説なんて、とはどういう意味かね。君は私小説を馬鹿にしているのか。私小説こそ、小説の原点そのものであると、私は今まで疑ったことはない」

　何が私小説だと思っていると突然、どこからか信じられない言葉が飛び出した。

「何を言ってるんだ、このジジイ。何が私小説だ！」

　発言の主は、信じがたいことに南村だった。

　少しアルコールが入っているようだったが、それにしても、まさか南村がそんなことを

この場で言うとは。誰も止める様子がないのは、村下と橋口以外の、その場にいる全員にこの結末を最後まで見届けたい悪意があるのに違いなかった。

だが、南村がそのまま寝入ってしまって、拍子抜けした形で終わってしまった。結局、南村は泥酔状態のままで、誰かが起こす様子もなく、そのまま選考会は欠席ということで片づけられた。

第二十一章

俗物見本

南村の失態がまるでなかったように、棚田は場を取り成した。

「それでは、次に、『雨の降る夜には』『私の体を通り過ぎた女たち』についてはいかがでしょうか」

今度は橋口が待っていましたとばかりに口を開く。

「反対と言う前に、この二作にはまず根本的な欠陥があると思う」

「欠陥ですか……」

「つまり、まったくもって人間が描けていないと思うね、私は」

やれやれまたかと、門脇は思った。一体、何度こういった批評を聞いてきたことだろう。大体、今は小説よりエッセイの方が本業の筈の橋口の作品のどこに人間が描けているというんだ。そういう奴に限って、「人間」と言いたがる。

「それは以前から、橋口先生が何度か仰っている言葉ですが、今回は、具体的にどこの部分ですか」

普段、ほとんど反論しない田山が珍しく問いかけてきた。

「そうだな、たとえば、『雨の降る夜には』の女主人公はどういう人物なのか、私にはよくわからないね」

『雨の降る夜には』は、OL出身のアラフォー女流作家の二作目で、都会に住む独身女性の孤独な心情を描いた作品として、その心の飢餓感はツイッター等、一部の同年代の女性から熱狂的な支持を得ていた。その年代にもっとも近い河田は、静かに反論を続けた。

「しかし、主人公の毎日のＯＬ生活の機微が良く描かれていて、その心理描写は人間観察としても優れていると私は思いました。たとえば、森尾都留子さんをより進化させた形であるし、情景描写もこなれています」

「甘いよ、君は。いつも女に甘いんだ。人間を描くというのはそういうことじゃない」

「ならば、もう少しわかりやすく指摘してもらわないと、馬鹿の一つ覚えのように〝人間が描けていない〟の一点張りでは、選考委員の誰も理解できないと思いますが」

「だから、君には人間がわからないんだ」

映像を見ながら、門脇は考えていた。多分橋口にとって、この作品は死ぬまでわからないだろう。今の四〇歳のＯＬが、企業の中でどういう位置にいるのかを理解するのは橋口にとってはおそらくＳＦを読むのと同じことだ。門脇は必ずしもその作品の熱心な読者ではなかったが、ここまで見当外れの誤審めいたことを言われると、逆に擁護に回りたくなるから不思議だった。ここで棚田がうまく次へ進める。

「人間が描かれているかどうかで作品を決めるのでしたら、これ以上は平行線になってしまうので、一応、他の作品についてそれぞれ意見を出していただいてから、その件についてはは再度話し合うということでどうでしょうか。よろしいですか。それでは、次の『私の体を通り過ぎた女たち』ですが……」

河田が幾分冷静な口調を取り戻す。

「この作品を、私は今回いちばん買っているんです。こういった世界を描いた作品としてはここ数年では秀逸だと思いますね。まあ、タイトルは少しひねった方がいいですが」

『私の体を通り過ぎた女たち』は、タイトル通りの意味と内容で、河田としては、自分に私淑している作家の作品だから、推す理由はわからないでもなかったが、これはちょっと露骨過ぎる反応と他の作家たちには映ったようだ。この作品は著者がモデルと思われる女性の、男ならぬ女性遍歴を描いたもので、レズビアン的な同性愛世界を扱った小説は今までもないではなかったが、ここまで女同士の純粋な性愛を描写した作品はおそらく初めてかもしれなかった。自らレズビアンを公言する河田にとっては、まさに自分の世界を正当化する最適な材料とも言える作品だ。

「女同士のポルノ小説にそんなに価値があるのかね」

と橋口が言ったのが、これ以後の混乱の発火点だった。ここで、反論したくて仕方なかったように下野が切り出す。

「今、なんと仰ったのでしょうか。それは女性のアイデンティティへの侮辱であり、あまりにも前時代的で、ジェンダーについての偏見を証明するものです。今の発言を撤回していただかないと、私はこの場で今回の選考委員を辞退して即刻ここから出ていきます」

下野も、いつ死ぬかもわからない老人の独り言をそんなに気にすることもないのにと思うのは棚田も門脇も男だからで、女性が同じ心境であれば見逃せないのは当然だった。まさに余計な発言だったが、まさかこのジジイがおとなしく詫びを入れる筈もなく、かと言って下野の方も一歩も引かない構えになっている。

さて、どうやって棚田がこの場を収めるのかと門脇が思って見ていると、お茶を飲んだ橋口が何か苦しそうに、座っている席で前屈みになっている。門脇は一瞬ぎょっとしたが、これは何か入れたなと咄嗟に思った。このままだと時間内に終わらないと思えば、このジジイにはこの辺で具合が悪くなって棄権してもらうしかない。

ホテルの人間が救急装備で入ってきて、あっという間に橋口を連れ出そうとしている、そのときだった。橋口が担架に横たわりながらこう叫んだ。

「文壇死すとも、私小説は死なず！」

死にぞこない特有の無知を通りこした絶叫だったが、リハーサルのときだったことが幸いした。これが本番のテレビ中継のときに起こっていたらどうなっていたか、スポンサーの老人用オムツ専門メーカー、高級介護施設、介護用品の大手通販サイトは即刻手を引いて、この中継を最後にこの番組は今年で終わっていただろう。ついでに賞自体も同時に消滅するのは言うまでもないことだった。

棚田は努めて冷静に選考会を再開させた。

「それでは、『私の体を通り過ぎた女たち』は河田先生の強い推薦もあるので、一応最後の審議に残しておいてよろしいでしょうか」

「異議はないけどさ、その前の『雨の降る夜には』は、どうします」

「全部残しておくと、何度選考しても同じことの繰り返しになりますから、『妻の日記』は橋口さんが体調不良で退席されたこともあり、その意を汲んでこれは残して、『雨の降る夜には』は外すというのでいかがでしょうか」

全員異議なしという雰囲気なので、棚田は先を続けた。

「残るは『海峡よ、さようなら』、『回想の虎馬邸殺人事件』、『北の国から帰ってきた恋人』の三作ですが、時間も限られているので、これから順にこの三作について、それぞれ最後まで残しておくか否かで、とりあえず最終候補を絞りたいと思います。まず村下先生から、お願いします」

「そうだな、この三作から一作となると私は『海峡よ、さようなら』だ。なんと言っても、時代の荒波の中で引き裂かれた男女の悲痛な叫びは今尚、心を打つものがあると思う。後の二作は私にとっては論外なので、多くを語るのは遠慮しておく」

何が論外で多くを語らないだ、全く内容がわからないじゃないかと門脇は画面に向かって一人で叫んでいた。

『海峡よ、さようなら』は、終戦真近の中国のソ連国境の場所から日本への引き揚げの苦労を描いた、よく知られている、藤原ていの『流れる星は生きている』と同等の内容だが、この小説の場合は結婚したばかりの若い夫婦が終戦の引き揚げの中で生き別れになった行程を描いていた。年代に関係なく、歴史としての現実の持つ重みが全編を覆っていて、戦後世代には言い難い説得力が特にあり、村下が推すのなら、この選考会の中で意議を唱える者は誰もいなかった。これについては推す理由も納得できる。しかし、後の二作については理解不能から来る老人の繰り事に過ぎなかった。『回想の虎馬邸殺人事件』は今どき珍しい、少しユーモアも交えた純ミステリーで、しかもテーマは密室殺人だった。ミステリーなど一度も読んだことのない者にとって、SFより意味不明な小説だったことは間違いない。『北の国から帰ってきた恋人』は、北朝鮮に拉致された夫の帰りを待ちわびる妻の話で、これは内容的にも、どうコメントしていいのかわからない微妙な作品なので、村下としては触れないでおいたというのが本当のところだった。

「田山先生はいかがですか」

「私は、今回は『回想の虎馬邸殺人事件』を推したいと思います。私の好きなミステリーということもありますが、この作品の中の密室トリックはちょっと最近ではない出来です。ミステリーなので、トリックが中心ですから、必ずしも人間が描かれているわけではありませんが」

また余計なことを言うもんだ。ミステリーにおいて、トリックと人間描写が同時に成立するわけがないじゃないか。トリックが傑出していればいるほど、人間についての描写は二の次になるし、人間ドラマにするとトリックは平凡なものになる。大体ミステリーで人間が描けているも何もないもんだ。人間の描写に、特に心理描写に重点を置くと誰が犯人かすぐわかってしまうじゃないか。ミステリーはトリックだけで十分というのが少なくとも門脇の今までのミステリー観だった。

「河田先生は先ほど推された『私の体を通り過ぎた女たち』だけでよろしいですか」

「ええ、今回私はその作品だけにしておきます」

「越智先生はどうでしょうか」

「そうですね、私はこの三作の中で特に推したい作品はないですね。どれもどこかで読んだことがあるような気がします。その中で一作となると、『北の国から帰ってきた恋人』でしょうか。理由については最後に述べたいと思います」

それでは、ここでちょっと休憩を取りたいと思います、と棚田が言い終わる前にまた、一人余計なことを言うのが出てきた。村下だった。

「棚田君、休憩などしている場合かね、さきほど橋口先生が具合が悪くなったから、後、小説の神髄を理解できるのはこの場では私しかいないだろう。さっさと進めていこうじゃないか」

このジジイが珍しくいつもと違うことを言うときには何か魂胆があるのに決まっている、と門脇が思って見ていると、村下が考えもつかないことをやり始めた。何と、服を脱ぎ始めて、褌一丁になってしまったのだ。女性の選考委員から悲鳴が上がったかと思うと、突然、映像はここでいきなり切れてしまった。

一体最後は何だったんだ。職業柄、作家の生態については門脇もある程度知っているつもりだったが、選考会の実際の内幕までは想像がつかなかった。ここまで見終わった門脇は、ただ唖然とするばかりだった。

第二十二章

出版の本質

役員から、その後の進捗状況を聞きたいと門脇に連絡があったのは二日前のことだった。考えてみるまでもなく、これまでそれほど親密とは言えない間柄だった退任間近の役員とこんなに頻繁に会うようになるとは不思議な展開だった。

「どうかな、その後の様子は。加治木君とは何度も会っているんだろう」

「ええ、最初は正直、腹立たしい部分もありましたが、加治木さんと会うたびに、自分が出版業界の人間だということをつい忘れてしまいます」

「というと？」

「いや、逆に考えると、自分のいる出版業界がいかに閉鎖的な、古色蒼然とした業界であるかということです。加治木さんと話しているとそんなことばかり考えてしまいます」

「まあ、加治木君の言うことが多分、現在のこの業界の真実だろうな。今までそれに気づかなかっただけだ。だが、これからは否応なく、君もその事実に向き合わなければならなくなる。それと、私は今回の件を最後に、会社を辞めるつもりだ」

「退任ですか」

「役員と言っても、それなりの定年はある。自分でも七〇歳を過ぎてまでこの出版社にいるとは思わなかった。しかし、他に何かできるわけでもない。この業界しか知らないからな。私の年代は団塊の少し前で、学生時代が60〜63年だから、高度成長期の出版の黄金時代だった。そんなに苦労しなくても、本はある程度売れていた」

「そうらしいですね。今では考えられないことですが。コミックがなくても業界が成立していたんですから」

「なかなかいい着眼点だ。コミック出版が本格化する70年代までは確かにそういう状況だった。コミックと同じくらい小説も売れていたからな。

　そういえば、君は例の三島由紀夫と松本清張の一件を知っているだろう」

「ええ、1963年の中央公論社の日本文学全集に、松本清張が入るのを三島由紀夫が最後まで執拗に、いや頑強に拒んだという件ですよね」

「よく知っているじゃないか。さすがは編集長だ。私はそのとき、その文学全集の編集のアシスタントをしていたんだ。入社して間もないときのことだからよく覚えている」

「なぜそれほど反対したんでしょうね。この二人は仲が良い悪い以前に、そもそも出自も作風も全く違う世界の作家ですから、話の合う筈がない。大体、個人的に会ったことも話したことも一度もなかったんじゃないですか。当然、お互いの作品について触れたことはないし――三島が自決した後に松本清張はその感想を書いていますが――、大体、読んでなかったんじゃないですか」

「いや、お互いの作品については無関心を装っていたが、少し読んではいたんじゃないか。松本清張はともかく、三島由紀夫は一つにはその本の売れ行きが面白くなかったんだな。あれだけ売れるのは大衆小説だからだと思ったらしいが、三島由紀夫だって、純文学としては破格の売れ行きだったが、松本清張とは比較にならない。売れ行きの規模、その部数が全く違うんだ。今言ったコミック出版が本格的にビジネス化する前の60年代に、〈カッパ・ノベルス〉だけで一〇〇〇万部突破したんだから、後の角川文庫の先駆といってもいい。松本清張の功績の一つはその売れ行きだが、コミックス並みに売れた小説群があったこと自体もう忘れられているだろうな」

「私ぐらいが最後じゃないですか。大体、亡くなる寸前まで週刊誌の連載を持っていたというのがスゴいです」

「その通りだな。しかし、三島由紀夫は松本清張に対してその売れ行きのこともあって、松本清張は所詮流行作家の大衆小説で文学ではないと思っていた。三島の本音はそんなところで、だから、自分が考えている文学の範囲の最後の砦である日本文学全集の中に、特に松本清張は絶対入れたくなかったわけだ。まあ、ここまでは理解できるし、三島由紀夫の作風から考えても確かにそうだろう。だが、三島由紀夫は小説に関しては誰よりもその本質を理解していたが、出版については一つ肝心なことがわかっていなかったんだ」

「何ですか。その肝心なこととは」

「君は松本清張の小説を何か読んだことがあるかな」

「ええ、もちろんそれなりに。すべてを読むという熱心な読者ではなかったですが、代表作といった作品、『点と線』、『ゼロの焦点』などはもちろん読んでいます」

「読んで何か気づかなかったか」

「気づくというと」

「君も三島由紀夫と同じだ。つまり小説というものに対する考え方が最初から違うんだ。私は松本清張の初期の短編を読み始めていたとき、作品内に登場する、学究肌とも言える生真面目な研究者としての主人公の分身は松本清張本人だと思っていた。松本清張はデビューのときからどちらかと言えば地味な作風で、本来はその時点で松本清張の作家生命はほどほどのもので終わる筈だったと思う。だが、ミステリー的な作品がある程度売れるとわかったとき、松本清張はそれまでの考えを変えたんだ」

「それまでの考えと言いますと」

「作家専業を決めて、上京しても、あの作風と同じくらい地味な性格もあって、当時の文壇とほとんど無縁だった。特に、三島由紀夫を中心とした、文壇中央の作家連中とのはコネもなく、知り合いもそんなにいなかった筈だ。いわゆる、文壇における地方と中央の差を肌で感じたんだな。三島由紀夫の書くような世界とは無縁で、そういう作品はどうやっても書けない。


片や地方出身の地味な苦労人の研究者タイプ、片や家系的にも華麗で早熟の、福田恆存がいみじくも称した〝豊穣なる不毛〟を体現していた新進作家、三島由紀夫の小説世界は、ある程度の生活水準を前提にしている作品が多かったから尚更だった。それと意外に知られていないことだが、当時の三島由紀夫ほど、自分の本の売れ行きよりその内容について、評論家の評価を気にしていた作家はいなかったという印象が私にはある。

それで、三島とは対照的に、松本清張はミステリー的な小説にある程度の読者がいるとわかったときに、この種の小説を誰もが読めるような文体と筋立てにしようと考えたんだな。確かに、松本清張の小説はその頃から、書き出しから誰にでも読めるような平易な文体で、難しい表現ではなく、謎解きもそんなに探偵小説的なトリッキーなものじゃない。登場人物もどこにでもいる平凡な市井の人間で、舞台設定も身の回りで起きるかもしれない日常を中心にして、読者は完全に一般的なサラリーマン層を中心のターゲットにした。これは一見簡単なように見えるが、実は誰にでもわかるような文章を自分の文体とするのがいちばん難しい。これは作家の技術論の範囲の話だが、それを元にして、以後は本の売れ行きで、文壇の評価等を押し切った。つまり、文壇、評論家の評価なんかより、大衆の方だけを向いて書いていたんだ。それは現実に数字として現れた。自分の小説が大衆に支持されているという厳然たる事実としての本の売れ行き、そういうことだな。

折しも、時は60年代高度成長期真っ只中で、後にコミックに夢中になる時代になるまでの、普通のサラリーマンたちのささやかな、毎日の楽しみとしての小説を書こうと思ったんだ。舞台設定も社会悪の代表とも言える、官僚、政治家、大企業、更に動機を汚職、収賄、不倫とすれば、一般大衆の興味と支持があるのは当然じゃないか。大衆小説でありながら、社会派ミステリーとも呼ばれていたからその効果は絶大だった。そうでなければ、たとえ三〇冊前後の合計部数にしても、一〇〇〇万部という部数はそんなに簡単じゃない。いかに〈カッパ・ノベルズ〉の宣伝と営業が傑出していたとは言え、この尋常ではない本の売れ行きは、松本清張の作品価値を証明するとともに、いわゆる中央の文壇とは離れて、自分の世界と地位を確立し、絶妙の位置を確保することにもなったわけだ」

「それが三島由紀夫には面白くなかった」

「そういうことだが、全く違う世界の読み物と思っていたんだろうな。確かに、三島由紀夫と松本清張を同時に読んでいるのはそんなにいなかっただろう」

「一人もいなかったんじゃないですか。でも、とにかく、純文学と大衆文学の線引きは確実にあったわけですね。当時は、芥木賞と直川賞の違いもはっきりしていたことになる」

「だが、松本清張は芥木賞出身なんだな。ここが皮肉というか、興味深いところだ。選考評委員だった坂口安吾の、松本清張の本質を予言した評はいまだに忘れられない。

いずれにしても、出版社も一企業の立場から考えると、限られた一部の読者層が中心だった三島由紀夫より、コミック並みの部数の裏づけがある松本清張の方にシフトするのは当然だ。言うまでもなくこれは、作品の内容評価とは全く別の話だ。どちらの作品の評価が上か下かなんてことは実はどうでもいいことで、読む人間によって、作品の評価が変わるのは別に今に始まったことじゃない。出版社として考えるなら、作家の評価はその商品性、つまり売れ行きの数字だけだ。どれだけその小説が商品として優れているか、出版社が考えるのはそれだけでいい。出版の本質の一つはそういうことだ。これを混同する素人が多いから困る。君もその一人だと私は思っているが」

「いや、そんなことはないですよ。でも、私の年代ではこの二人のどちらの作家も学生時代に熱狂的に読まれたという記憶はないですね。ちょうどそのピークの時期を外れた世代ということもありますが」

「そうだろうな。だが、この二人の作家の存在があったから、コミック出版がビジネスになるまでの時期であっても、出版業界は正常に機能していたということもできる。本は出版社が作って、取次が書店に配本して、読者は書店で金を払ってそれを購入して読む、この図式のどこか一つでも綻びができたときから、この業界は少しずつ変わり始めたということだ。

　話が少しそれてしまったが、今言った松本清張と三島由紀夫の評価と価値は年代によってずいぶん変わってしまったな。谷崎のような最初から最後まで、日本では珍しい世界観を持っていた天才は別格だが」

　ここまで一挙にまくしたてた役員は、少し感傷に耽っているようだったが、役員が自分の時代のことをここまで話すのは、意外にも入社以来初めてだった。

「いずれにしろ松本清張的な作家を発掘して育てるのが出版社の役目であることは今も昔

も変わりはない。たとえ、今が高度成長期ではないにしても、松本清張が書いた小説の世界を読む層はいつの時代でもいる。その証拠に松本清張の本が絶版になったことは一度もないし、今でも作品が頻繁にテレビで映像化されているじゃないか。勧善懲悪の図式がはっきりしているから、何度でもその時代に合わせて、設定を変えて脚色することができるのでこれほど便利な原作素材はないと、私の知り合いの映像プロダクションの幹部が言っていた」

「逆に、三島の小説世界の映像化はそんなに簡単じゃないということですか。確かに、原作も純文学とすれば破格のロングセラーも少なくないですが、映画化はもちろんテレビドラマになったこともそんなにはない」

「そういうことだ。そもそも最初から目指している読者層が全く違うわけだからな。君も知っているように、新英社のここ何年かの不振、そして身売りの話の遠因の一つはそのあたりにあると私は思っている。だが、作家の方も昔とは出版環境が全く違うから、収入というか生活も大変だろうな」

「そうですね。ここ四、五年で初版部数も半減しましたから」

「作家専業で生活が成立しているのは、今、一〇〇人いないんじゃないか」

「いや、もっと少ないでしょう。五〇人くらいじゃないかと思いますね。役員もご存じだと思いますが、80年代は初版三万部というのが売れている作家の条件でしたが、この出版不況の中では初版一万部が、売れっ子作家か否かのボーダーラインだと思いますね」

「それは初版で、だろう」

「もちろんそうです。これが増刷を繰り返して三万部を超えて、文庫になって一〇万部を超えると、少なくとも集談社では間違いなく、売れている作家と見なします。これに当てはまらないのは、初版一万部以内で増刷のない作家ですが、まあ論外というか、そんなのはいくらでもいますよ」

「なるほどな。よく昔から〈作家で食えている〉というのは二つの意味があって、単純に原稿料、印税で生活できているか、それともう一つ、同年代のサラリーマンと同じ年収を作家業で維持できているか、だ」

門脇は話を聞きながら、それは出版社にもそのまま当てはまると考えていた。

自分のいる会社は大手出版社の一つということもあり、同世代のサラリーマンと年収の差はほとんどない。それどころか入社がバブル真っ最中のときだったから、入社一年目に支給されたボーナスの額を見て吃驚したくらいだ。しかし、他の中小出版社になるとこれが歴然と変わってしまう。同世代に同額の年収なのは一人もいなかったと、以前、他の出版社の知り合いに聞いたことがある。だが、出版社以外の、印刷、紙、取次、書店となると、規模によってもちろん単純比較はできないが、内情は推して知るべしだろう。

そんなことを考えていたら、役員はまた違うことを話し始めた。

第二十三章

倒産の回路

「ついでに余談ながら、出版業界で出版社の倒産を知るのはどういう順番だと思う？」

「いえ、ちょっとわかりませんが」

「以前、中堅の〈大海書房《たいかいしょぼう》〉が倒産したことがあっただろう。あのとき、私は違う用件で日本データバンクの人間と会っていたんだ。時間もはっきり覚えている。というのはこの時間が後で大きな意味を持っていたことがわかったからだ。

　日本データバンクの人間がその大海書房が危ないということで調査をしていたところ、たまたまある製紙会社のトラックが全日本印刷に向かっているときに、ちょうどその後方を車で走っていた。正午までに納品ということで時間は11時半くらいだったらしい。そうしたら、途中でそのトラックが急に引き返してしまったんだな。それで、この先の印刷所というと全日本印刷に決まっているから、今日の午前中に大海書房の紙が入る予定はあるかどうか印刷所に詰めている担当に聞いたら、確かに納品予定があり、待っているところだという。ということは、あの製紙会社のトラックは納品しないで引き返せという連絡が来たと思っていい。

　それで、今度は製紙会社の知り合いに連絡したら、大海書房の手形がこのまま午前中に銀行に入金がないと今日の15時に不渡りになることが確実になったので、引き返させたと言うんだ。この話が興味深いのはここからだ。ちょうど正午になったので、その調査会社の担当は、印刷所、取次、どちらに先に連絡すればいいか、その優先順位を考えた。そうしたら時間的に昼休みになっていて、取次は13時ちょうどに午後の業務がスタートするだけに、その時間まではまず責任者が捕まらない。となると、元々時間交代制の印刷所しかないというので、印刷所が取次より先に知ってしまったんだな。断っておくが、まだ携帯がない頃の話だ。それで、13時になるまでに、印刷所は大海書房に一早く製紙会社と一緒に、債権者代表として駆けつけていた。次に13時に取次がそのことを知り、首都圏の営業や地方の営業所から主要な帳合の書店に連絡が行って、返品の時期については追って連絡するので、そのままにしておいてほしいと伝える。そうしているうちに15時になって、銀行で不渡りが確定したのと同時に、日本データバンクが倒産速報の第一報を伝えたというわけだ。その大海書房で、その倒産速報の前の日に発売された本があったらしいが、その著者が大海書房の倒産を知ったのは、次の日の朝刊だったらしい。つまり、今から言う順だ。まず紙屋、次が印刷所、そして取次、それから書店、最後に知らされるのが、著者だ」

門脇は役員の強烈なリアリティーを交えた話に圧倒されていた。この人は地獄耳だな、どうしてそんなことまで知っているのか。何か独自の情報網があるのかと門脇は思ったが、それが意外な形でわかったのは、それからかなり後になってからだった。

役員の話に出た、倒産した〈大海書房〉のことは門脇もある程度知っていた。その会社の営業部長は業界でも凄腕の営業マンとして有名な人物で、どんな本でも売ってみせるというのが口癖の一つだった。

実際その営業力でこの出版社は持っていたようなものだったが、何故か、倒産する一年前に、この営業部長はその会社をいち早く去っていた。家庭の事情と称していたが、社内の経営の内実を知っているだけに、退職金が出るうちに見限って辞めたというのが業界の一致した見方だった。その証拠に、その営業部長の退社後、見る見るうちに業績は下降し、辞めていく社員が続出していた。一体誰が残っているのかというくらいになったとき、出入りの印刷会社から、「あの会社、ジャンプが多くて、この間から連続三回ですからね。もう危ないと思いますよ」と門脇が聞いたのは、倒産の前月だった。

「ジャンプ」とは出版業界用語で、支払手形の支払月を延ばすことを指し、「ホップ、ステップ、ジャンプ」ということで、出版社との約定によって違いはあるが、大体、「ジャンプ」とは三ヵ月後に延ばすことだが一ヵ月の場合もある、と編集畑の門脇が知っているのはもちろん役員から教えられたからだ。このジャンプを三回繰り返しているということでも資金繰りが切迫していたことは明白だった。

実はこの大海書房は、営業的な部分とは別に、編集の分野でもその内実は一部で知られていた。これは都留子から聞いたのだが、知り合いのロマンス小説作家が、書店で自分の本の奥付を見ると、五刷となっている。まだ三刷の筈だと思って、担当に確認すると、信じられない事実を聞かされたという。これは辞めた敏腕営業部長が考えついたことらしいが、この会社の書籍奥付の刷の回数は、あるときから奇数だけにしたのだという。その作家はどういうことか理解できず説明を求めると、つまり奥付の増刷表記は、初版、三刷、五刷しか表記しない、というのは、二刷、四刷がないことで、これで少しでも多く売れているように見せかけるために考え出したのだという。つまり、この奇数表記に当てはめると、五刷というのは実質的には三刷ということになる。開いた口がふさがらないとはこのことだが、作家としては印税を誤魔化されていると思っても不思議はない。そう言うと、でも偶数表記はありませんから、これは調べてもらっても結構ですとの一点張りで、そこで他の作家も一緒に主要書店を調べてみると、確かに大海書房の本の奥付表記に偶数の刷は存在しなかった。しかし、これでは、作家と印税の支払いのときに混乱するのではないかと問い質すと、「大海書房増刷回数早見表」というのがあり、これを使うと一目瞭然ですと言い張るのを聞いて、さらに吃驚したとのことだった。早見表とは、暗号解読の乱数表のことかと思ったのは門脇だけではなかっただろう。この話にはオチがあって、倒産する以前の好景気のとき、税務署と会計事務所の間で、この奇数奥付のことが問題視され、結局、大海書房側の言い分は認められず、余計な税金を支払う羽目になったという。

その関連でもう一つ、大海書房の子会社のことだが、門脇が偶然知ったことがある。ある海外のロマンス小説を翻訳する際、原書があまりにも分量の少ないものだったので、なんとかこれで一儲けしたいと考えたその会社は、社長自ら、普通に翻訳すれば一冊になる分量のものを二冊の上下巻にするべく、翻訳で量を増やしたのだという。「抄訳」というのは聞いたことがあったが、「超訳」ならぬ、「増訳」とは初耳だった。

　大体、英語は日本語に翻訳すると一・五倍になるが、これを本文組の際、上下空き、行間で微妙に増やし、会話の部分で行替えを多用して、すべての章の始まりを片ページ起こしにしたのはもちろん、それでも増えないので、翻訳者に、翻訳で内容を増やしてくれと依頼したのだという。金に困っていたその翻訳者は本が出る前に、翻訳印税の半分を前払いするという提案に乗ってしまい、なんとか一冊を二冊にするべく増訳したらしい。しかし、別の見方からすれば、これはロマンス小説だから可能なことでもあり、ロマンス小説の原書に書き込まれていない部分を翻訳で補整していく作業と考えれば、そんなにおかしいことではない。実際、門脇も興味があって読んでみたが、従来の翻訳調ではなく、書き込まれた部分が巧妙に主人公たちの性格づけに膨らみを与えていて、「まるで日本の小説」のようになっていた。同時に、日本の女流作家のある作品に類似していたのは驚きでもあり、発見だった。実際に、ある女流作家が試してみていたかもしれない創作のある部分を盗み見た思いだった。

　だが、結果的に倒産してしまう、そういう出版社でも生息することができていたのが出版業界という場所なのかもしれない。本質的には他の出版社もその実情に大差はない。それはこの集談社でも同じことだった。

　例の１００万部プロジェクトのことも交えながら話をしているうちに、門脇が今日の本題は何かと思っていると、役員はおもむろに切り出した。

「加治木君との打ち合わせのとき、〈電報堂〉の部署のことを言っていなかったか」

「何でも1課から5課まであって、加治木さんは1課の所属だと言っていました」

「5課のことについては」

「その部署だけ何をしているかわからない部署だと言っていました。何でも、通称〈伏魔殿〉とか」

「そう、その5課の責任者が誰かは私も知っているんだが、近々会わなければならないかもしれない」

「しかし今回の件は、加治木さんの1課で対応されているみたいですが」

「いや、これは別の用件なんだが、ひょっとしたら君にも一緒に行ってもらうことになるかもしれない。今週、来週の都合はどうなっている?」

役員はびっしりと予定の書いてある黒革の手帳を広げた。

*

役員から次の連絡が来たのは次の週に入ってからだった。

指定された赤坂の料亭に行ってみると、役員は既に来ていて、あまりこういう場に慣れていない門脇はそのまま、役員とその部屋で相手を待つことになった。

しばらくすると、作務衣姿の老人が入ってきて、無言で腰を下ろすと、役員はおもむろに、内ポケットから、いかにも現金とわかる紙包みを出し、相手に差し出した。

「先日、君から依頼されたことについては調べておいた」

「それで、どうなりましたか」

「例の5課についてはやはり、民生党の幹事長がからんでいた。幹事長の親戚筋に広告代理店〈電報堂〉の幹部がいて、それが以前より選挙キャンペーンを手伝っているのは君も知っているだろう」

「ええ」

「その実績を買われて、次の仕事を直々に依頼したそうだ」

「次の仕事というと」

「かねてから政府念願の言論統一、報道規制のためのメディア再編と放送法の改正だ」

「そうすると、その責任者は」

「君も知っている第5課の真崎《まさき》だ。あいつしかいないだろうな」

それは元外信の報道部長で、その後、電報堂に入ると、選挙キャンペーンの責任者になり、今では民生党の政策委員会のメンバーでもある。選挙には出ないが、裏のフィクサーと言われている人物で、業界でも知る人ぞ知る存在、顔写真がほとんど流通していないことでも知られていた。

帰りの車の中で門脇は役員にそれとなく話しかけてみた。

「先ほど聞いた話ですが、本当の事なんですか」

「そうだ。それと、裏にいたのは、やはり真崎だったな」

「ご存じだったんですか」

「おそらくという程度で確信はなかったが、これではっきりした」

「よく素性も知られていないばかりか顔写真もほとんどないので有名な人ですが、役員は面識があるんですか」

「一時、五社会で民生党に献金をしていたことがあってそのときに知り合った」

「そうなんですか」

「それと、ここで言っておくと、今君が仕事をしている加治木は真崎の元部下だった人物だ」

「なるほど、だから、今回の仕事は加治木さんと考えるように、ということだったんですか」

「違う。加治木とのことは偶然だ。５課のことを調べているうちに、真崎が最近動き始めたということがわかり、どうやら先ほどの話で、民生党から依頼された件を請け負うことが決定的になったというわけだ。だが、これを野放しにしていると、集談社はもちろん、他の出版社の週刊誌の記事にも検閲や報道規制がかかることになる。テレビ局や新聞社は認可事業だからもう最初からアテにはしていないが、出版の方で最後まで抵抗する必要がある。そのためになんとかしなければと思っていたところで、君のことを思い出した。仕事関係になった加治木の近くに君がいるなら、そのことを調べてほしいと思っていた矢先だった。何といっても、加治木は真崎の優秀な部下の一人だったから、今回の民生党の依頼には、絶対加治木をメンバーに入れる筈だ。加治木は真崎のことを言っていなかったか。まあ君には、上司と部下の関係だったことはわざと話さなかったんだろうな。

そこで、君に頼みたいのは、実際、今、加治木と一緒に仕事をしているんだから、必然的に会う機会は多いだろう。そのとき、見聞きしたことを私に報告してくれるだけでいいんだ」

「すると、私は加治木さんの監視係ですか。私も別に調査員でもなんでもないので、そんなことができるかどうか」

「君は今私の依頼を断れる立場にいるとは思えないが、どうかね」

「はあ」

拒否することもできず、言われるままにするしかなかったが、これで、今回の100万部プロジェクトは本当にうまくいくのだろうか。ノベライズ担当のライターの目星もまだついていない状況もあって、門脇の考えは、いつまで経ってもまとまらなかった。

第二十四章

ある提案

加治木が所属する〈電報堂〉には様々な部署があるが、その中の、通称〈伏魔殿〉と呼ばれている第5課の真崎から、直接連絡が来たのは先週のことだった。かつての上司であっても、最近は仕事のジャンルが違うこともあって、真崎とも会う機会はここしばらく少なくなっていた。

真崎からの話は、近々、印刷会社と製紙会社のトップが折り入って話があるので、加治木に立ち会って話を聞いてほしいということだった。真崎からの指示については、理由も聞かずにそのまま従うのが今までの二人の間の通例で、今のところ加治木にとってそれを拒否する理由は見つからなかった。

加治木が全日本印刷の稲田社長と新日本製紙の草野社長に呼ばれた形で会ったのは、今回の100万部プロジェクトの経過報告書を会社に提出する前日だった。呼び出されたその理由を加治木はずっと考えていたが、まさか今回のプロジェクトについてではないだろうが、通常、広告代理店に在籍している者に、印刷と製紙の大手会社のトップが声をかける理由はそんなにない。そう思い込んでいた加治木は指定された場所で意外な提案を聞かされることになる。

*

初顔合わせということで、相手側が用意した酒席は終始事務的なものだったが、共通の知り合いである真崎との間柄もあって、一応形ばかりの会食の場にはなっていた。

そのうち、稲田はおもむろに話を切り出した。

「何でも近々、大きな出版話があるそうじゃないですか。しかも最初から１００万部を想定しているような」

「どうしてご存じなんですか。まだ、ほとんどの者が知らない筈ですが」

加治木は思わず小声になり、真崎の横顔を盗み見た。

「城所さんの周辺からの情報ですよ、集談社の」

臆面もなく、稲田が答える。

城所は、今回の件の発案者とも言える存在で、加治木にとっても決して無縁ではない重要なビジネスの相手だった。真崎に紹介されて以来、何度か会ったことはあるが、今回の件は、間に門脇が入っていることもあり、直接、城所と打ち合わせをしたことはない。まだ水面下の筈の計画が思わぬところから漏れているのかという警戒心の方が先に働いていた。秘密裏に進行していた筈だったが、この大物二人が知っているとなると、今回のプロジェクトの詳細をできるだけ早くまとめなければならない。最終的なノベライズに関しても、至急門脇と話を詰める必要があった。

今回の件は集談社からの依頼の形で引き受けたこともあり、この本の印刷と用紙についてては集談社の方で決定するものと思っていた。だが、ここにその二つのジャンルのトップが来ているということは、まだその詳細については決定していないのか。集談社側の紙と印刷についての業者指定はいずれ確定するにしても、必ずしもこの二社ではない可能性もあるということか。それを見越して、その入札とも言える段階になって、二社が揃って売り込みに来たということなのか。しかし、紙や印刷のことなど、加治木はさっぱりわからない。旧時代の紙ビジネスを我が物にしてきたであろう、目の前の老人二人に対する加治木の疑心暗鬼は続いていた。

だが、城所が不在のこの場所で、それを加治木に打診しているということは、当然その交換条件も考える必要がある。紙と印刷側の条件は当然、利権の話になるだろう。加治木としてはそういった見返りは別に想定していなかったが、会社の上の方の考えは違うのかもしれない。全日本印刷も新日本製紙も当然ながら、〈電報堂〉の重要な取引先だ。このプロジェクトは加治木のいる企画開発第1課だけでまとまる話ではない。

稲田はさらに平然と話し始めた。

「そこでお聞きしたいのは、この計画の際の紙と印刷の手配は決まっているのかということです。集談社から詳細は聞かれていますか」

その返事を今ここでするべきなのか。いずれにしろ一度、城所と話し合う必要があると考えていた加治木は、今日は慎重になれと自分に言い聞かせていた。

「そこまではまだ何も。大体のことはご存じかもしれませんが、すべてはこれからです。

今、100万部を作り出すことはそんなに簡単なことじゃないですから」

「内容についてはは確かにそうでしょう。だが、本自体の初版と増刷の印刷製本、紙についても、いかに出版不況であっても、100万部を想定した本を刷るとなると、その段取りはそう簡単ではありません。だが、私と草野さんに任せてくれれば、話は別です」

「今回のプロジェクトは非常に興味ある話だ。私も、君のことを全く知らないわけじゃない。電報堂さんでの君の実績はよく知っているつもりだ。100万部といっても、まさか初版から100万部刷るわけではないでしょう。しかし、初版が三〇万であっても五〇万であっても、印刷に入る三ヵ月前には詳細を決定していなければ、用紙の手配はままならないですよ」

　かつて詩人志望だったといわれているが、草野の口調はまさにビジネスそのものだった。紙も印刷同様、出版においてはどちらが欠けても成立しないことは言うまでもなく、草野を引き会わせた稲田の用意周到ぶりに舌を巻いていたのも事実だった。だが、即答するわけにはいかない。それを見抜いていたのか、稲田が、人の好さそうな笑みを浮かべた。

「とりあえず、少し考えてみてもらえませんか、城所さんにも相談してください。無論、今日君に会うことは言っていませんが」

　草野は至極満足そうに続ける。

「今度は旨い鮨でも食べに行きましょう、城所さんも誘ってね」

＊

翌日、会社への報告書提出はとりあえず棚上げにして、加治木はさっそく城所に電話をかけていた。

加治木が城所と知り合ったのは五年前のことだった。当時も、城所は集談社の編集総務で、さらに五社会の幹事も務めていた頃、加治木の担当したメーカーが電報堂主催の広告ＡＤ賞を受賞し、そのヒットパーティーのときに出会ったのが最初だった。初対面ながら、城所がその辺の編集者より、小説、作家について深い知識があることは話していてすぐにわかった。城所の文学志向がにわか知識ではないことは確かだったし、年齢の割に、文学至上主義というわけでもなく、最近のトレンドも的確にとらえているようだった。

城所が当日の主役のデザイナーより加治木自身のことを知っていたのにも驚いた。何せ今まで会った出版社の人間のほとんどは広告代理店の人種に興味を示すことはなかった。

その後、加治木の調査によると、城所は実は最初から編集者志望だったが、集談社の三代目社長は何故か、〈編集総務〉という新設の部署ができたとき、真っ先に城所をその責任者に据えていた。

城所は集談社に入る前、学生時代にアメリカ留学していた時期があったらしいが、帰国後は知り合いの選挙運動を手伝っているうちに、中退してそのまま契約社員扱いで集談社に入り、既に半世紀近くになろうとしていた。

「加治木さん、これはこれは、門脇がいつもお世話になっております」

「それが、その……」

加治木は昨日のことを、かいつまんで説明した。

「実は今回の100万部プロジェクトの紙と印刷はどこに決まっているのかを訊かれました。城所さんのことを暗に問い質されているような気もしましたが」

「そうでしたか。稲田社長のお考えは大体わかっています。そうでなければ、その場に草野さんを呼ばないでしょう」

加治木は城所の声色を窺いながら続ける。

「それで、結局のところ紙と印刷についてはどこかに決定しているんですか」

「まだ本当に考えておりません。それ以前に決めなければならないことが山ほどある」

「城所さんは集談社側の人間ですから、それなりに業者さんについてのしがらみがあるとは思いますが、でも、今回の初版部数とか増刷については、スケールの大きなお話です。あのお二人を無視してはできないんじゃないですか」

「私一人では決められませんよ。少し考えてみますので、お時間をもらえますか」

「よろしくお願いします」

加治木は、二人から鮨屋の会食に誘われたことは黙っていた。

第二十五章

文壇バー

しばらく会社を留守にしていた門脇が、編集部に顔を出すと、すぐに部下の編集者から連絡があった。近々、今回の賞の候補になった新人作家を、選考委員の村下先生と橋口先生が励ます会を内々に開くので、一緒に出席してもらえないかとのことだった。どうして村下と橋口がそんな新人作家を励ますのか、その意図がわからない。部下に聞くと、編集長のくせにそんなこともわからないのか、という顔をされた。

「将来の布石と言うか、これでもし受賞した際は、その前から一貫して支持していた村下先生と橋口先生の存在がクローズアップされるわけですよ」

「なるほど。ほとんど忘れ去られていた作家に再び光が当たるかも知れないということか。そうすると、その励ます会の費用はどうなるんだ。今、ウチにはそんな余裕がないことぐらい君にもわかっている筈だろう。去年とは違うんだ」

「もちろんですよ。参加する人には会費制だといっていますから。だから、そのためにもできるだけ参加人数が多い方がいいわけです。なので、編集長もご参加願います」

「了解したが、あと誰が来て、結局何人になるんだ」

部下の今のところの計算だと、その選考委員の作家と、当人を入れて二〇名くらいだという。

「結構な人数だな。場所は？」

「これは村下先生のご指定ですが、あの新宿三丁目の文壇バーの〈栄光〉です」

門脇は思わず眉を顰める。文壇バーか。出版社が領収書を切れなくなったら、ああした店は絶滅するしかないだろうな。

その新宿三丁目の路地裏にある〈栄光〉は、もちろん、看板に「文壇バー」と謳っているわけじゃないが、以前より、一時代前の作家がよく集まるところとして知られていた。歴代のマスターは大体、文芸出版社の出身だったが、退職後に請け負ったのもいるくらいで、現在の三代目は、元、門脇と同じ編集部にいた人物で、門脇が編集長になったのを機に早期退職をして、以前より依頼されていたと本人が言うところの後釜に収まっていた。デビューしたばかりの新人作家を連れて来て、「これから〈栄光〉の階段を上るぞ」と言って、ボロボロの階段を軋ませて二階にある店に入っていく、うすら寒いギャグを考えついたのもこの男だった。

今日、何故か門脇はこの店にいた。久しぶりにこの店の名を聞いたこともあったが、しばらくこのマスターに会っていないことを想い出したのかもしれない。そういえばと、一人で飲みながらふと思ったのは、マスターが三代目になった祝いも兼ねて、編集部に入ったばかりのバイトの女子大生と、そのバーに行ったときのことだ。当然、この女子大生は作家関連の娘で、現在、直川賞の選考委員の一人、村下の姪っ子の娘に当たるとのことだった。そのバイトの娘は、バーに入った途端、意外な質問を始めた。

「以前から、素朴な疑問だったんですけど、文壇って何ですか」

改めて、1994年生まれの女子大生に面と向かって聞かれると、説明に困る。この娘は文学部出身だった筈だ。しかも作家の親戚だ。更に吃驚したのは次の言葉だった。

「文壇って、仏壇の種類の一つですか」

「どうしてそう思うわけ」

「だって、村下のおじいちゃん、親戚での集まりがあると、文壇と仏壇の話ばかりになるので、何か関係があるのかと思って」

笑い出したくなる前に、何と言っていいかわからなかったが、じきに仏壇が必要になる人たちが待っているところだよ、と説明したら、この娘はどう反応するだろう。だが、別に間違ったことを言っているわけではない。この言い方には、業界的にはあからさまにはできないくらいの皮肉がこもっているが、実際そういう場所、空間はもうないわけで、あると信じ込んでいるのは、当の作家たちだけかもしれない。〈文芸作家協会〉という職能団体は実在しているが、そこに集まっている作家たちがすべて文壇に属していると本人が思っているかどうかは、この業界の永遠の謎だった。門脇は一つの喩えとして、

「そうだな、文壇というのは吉行淳之介や、山口瞳、池波正太郎、松本清張あたりが生きていた頃まではあった場所といっていいかもしれない。早死にしたが、梶山季之あたりの時代は完全にそうだな。それらの作家が亡くなったとき、昔の意味で言う文壇の時代は、

完全に終わったと思うね」

「そうなんですか。今言われた作家は、私のひいおじいちゃんくらいの方だと思います。大学の授業で習いました。あ、松本清張は、ＳＭＡＰの中居君がドラマに出ていた『砂の器』は読みました。超難しかったですが」

　確かに、この娘の曽祖父あたりの年代になる池波正太郎が亡くなったのは１９９０年、松本清張が１９９２年、吉行淳之介が１９９４年、山口瞳が１９９５年だから、もう二十年以上も前に、文壇は消滅していることになる。それは流行作家がいて、文芸誌全盛の時期だった60~70年代のことでもあるが、このことについて、これ以上の説明をしてみたところで、この娘にどこまで理解できるだろうか。

　文壇とは、団塊の世代が愛読していた作家たちの時代のことでもあり、少なくとも今、団塊の世代の作家からは、文壇の匂いはほとんど感じられなかった。この世代からは、文壇という古臭い表現から、完全に横文字の世界へと移行していた。カウンターカルチャー世代、サブカルチャー世代はその象徴であり、そこには従来の文壇的な意味はほとんどない。そのことに関係して、門脇が最近苦々しく思っていることがあった。いわゆる書評ライターという連中のことで、昔で言う文芸評論家とどこが違うのかと部下に聞くと、こんな答えが返って来たことがあった。

「そうですね、著書と連載を持っているのが文芸評論家で、単発で本の紹介記事を書いているのが書評ライターといえるでしょうね。もっとも書評ライターからスタートした文芸評論家も今は結構いますよ。たとえば、元々はライターだった加藤美奈子さんとか」

ああ、あの女かと門脇は思い出したくないことを反芻していた。

そういえば、そんなのがいたな。あれは確か80年代に入った頃で、同時期のコピーライター出身のエッセイストとは別に、当時、名前が知られ始めていたライターがいた。肩書を自分から書評ライターに変えて、文庫の解説を片っ端から引き受けているうちに業界で便利屋として重宝されるようになり、若い女性エッセイスト、女流作家の文庫の解説は大体この女に集中するようになった。だが、門脇はこの女が、編集者上がりの元作家志望で、その挫折の裏返しのコンプレックスから、書評に活路を求めたことをあることから知っていた。最初の著書の『受胎小説』というタイトルも大笑いだったが、その存在を教えてくれたのは意外にも都留子で、その後に起こったその評論家とのトラブルも当然、都留子がらみだった。

当時でも、都留子のその文芸評論家に対する評価は辛辣なものだった、同性だから、尚更そのアラを意識的に拡大解釈するのかもしれないが、たとえばこうだ。

「要するに、編集者としての限界を感じて、他にすることもないから、書く方に回ったわけよ。そんな理由で、簡単に本を書かれてもね。ところが、それで書いた『受胎小説』とかいう、評論かなんか知らないけど、ああいうのを持ち上げるオヤジ評論家がいるのよ、いつの時代でも。〝評論の世界に新しい女性が出て来た〟とかなんとか言ってさ。たとえば、あの、文芸評論家のオヤジ、なんだっけ、そうそう佐賀さんのような。それがまた、この世が終わるまで女に縁のないようなムサ苦しい団塊オヤジと、一〇〇万回生まれ変わっても男に縁のなさげな女でしょう。負け犬同士の組み合わせとしては、ほぼ完成形じゃないの」

そこまで言うこともないだろうと思いながらも、同性の嫉妬というか意見は厳しいというか、怨恨がこもっていると門脇は思った。いつだったか、週刊誌に配属された同期に、今いちばん女性週刊誌が売れるネタは何かと聞いたことがある。

「それは若い美人女優が、事故や男の嫉妬で、その美貌に実際に傷がつくことだな。絶対自分にはないものを持っている女に対する、女の転落願望は男にはわからないところがある。男の場合は、〝他人の不幸は蜜の味〟で済んでも、女の場合はその願望が、転落から憎悪に変わり、さらに増幅されるから、ちょっと男には理解不能の心理だな」

都留子自体が、そういった女の意識を集約している存在なのか、その批評はまさに究極の嫉妬そのものだったと言っていい。だが、ここまでの都留子の批判はまだ序の口で、ここからが本番だった。そして、この後の、思い出したくもないトラブルのすべての始まりだった。

第二十六章

負の執念

あれは確か、都留子の第二作が刊行されたときだっただろうか。その作品を、その女性文芸評論家が新聞の文芸時評で取り上げたときに、今までにない厳しい視点で評したのだが、それはほとんど言いがかりに近いもので、その一部は次のようなものだった。

「今月、取り上げなければならないのは、文芸界賞を受賞した森尾都留子の第二作『ありふれた私のあいまいな部分』である。装丁はあのスズキセイジに頼んで実に美しいものに仕上がった。しかし、美しいのは外見だけで、この作品については、タイトルが象徴しているように、〝ありふれた〟考えの持ち主である主人公が、〝あいまいな気分〟で会社にいるというＯＬの気ままな毎日を描いたものだが、第一作同様、こんなＯＬの日常に一体何の価値があるのだろうか。組織の歯車の一つにもなり得ないＯＬの立場に甘んじていること自体が、女性の後退的な意識を具現化していると言うべきだろう。私もＯＬ経験があるが、そんな怠惰な毎日は送ってこなかったつもりだ。同じ女性としても、こういう考えのＯＬが今も生息していることに驚きを禁じ得ない、なぜならそこには何の進歩も発見も希望も見出せないからだ」

これを読んだ都留子の怒るまいことか。そのときの彼女の感情を説明することは難しい。とりあえず、最初は冷静だった森尾都留子は、新聞社から要請された反論にとりあえず応じ、あまり時間のないまま書いたものが掲載された。

「私は自分に降りかかった火の粉は自分で払うのを信条としている。今回、文芸時評の加藤氏の論旨は、時代的に後退している意識を未だに持ち続けているＯＬの世の中に対する無理解が私には我慢できないとの指摘が主旨だったと受け取っているが、そもそも加藤氏の文芸時評に、それだけの問題意識が内包されているのだろうか。私にはちょっと理解できない」

都留子の書いたある部分の言葉尻をとらえ、その評論家もまた反論してきた。

「ちょっと理解できないとは、もう少し読めばもっとわかるという事だろうか。だとすれば、森尾氏にはもう少し私の文芸時評を精読してほしい。一応作家なので、読解力は最低限ある筈だと思うので、曲解なく、真意を理解してくれることを期待する」

といった具合で、お互いの果てしない論争が毎週掲載され、その後、二ヵ月も続いていくとは誰も思わなかった。門脇はこのあまりにも内容のない、不毛な論議に閉口していたが、都留子の「負の執念」とも言うべき怒りはそのままでは収まらなかった。そして、最後はついに実際に行動に出てしまった。

なんと都留子本人がその文芸評論家の事務所に殴り込んで、実際にその女に傷を負わせたのだ。傷害の現行犯でその場で逮捕されたが、都留子は警察での取り調べの最中、慌てて駆けつけた門脇に対して、こう言ってのけた。

「ねえ、私の本は増刷しているでしょうね。別に逮捕されたからといって、私の本を増刷してはいけないという法律はない筈よ。今が売り時じゃないの。私がここを出るときには一〇万部突破の知らせをお土産に持って来てほしいわ」

転んでもただでは起きない根性を、この女はどこで身につけたのだろう。最初からこうなることを予想した計算ずくの行動だったのか。まだ炎上商法なんて言葉もなかった時代である。あまりこの女と深くかかわってはいけないと、男として警戒心を覚えたのもあの時だった。それなのに――。

今の時代では、作家と評論家の論争になっても、作家の優位性が評論家の新聞時評などで脅かされることは絶対にあり得ない。それだけの評論家がいないのか、批評自体の力がないのか。いずれにしろ無から有を生む、創作者としての作家の価値は、商品力では漫画に敵うことはないにしても、オリジナルという観点から考えると、以前よりその存在と地位は大きくなっていた。それよりも今いちばん警戒しなければならないのは、ネットのブログ等の評価で、スワンプのカスタマー・レビューはもちろん、SNSのルートも含めて最も実売に直結するメディアであることは門脇も最近の経験則として知っていた。言うまでもなく、その影響力は新聞広告の比ではなかった。

それにしても気の毒なのは、その女性評論家の方だった。

世の中の同情票もどういうわけか都留子に集中して、その煽りで、この評論家はそれ以後いつのまにか影が薄くなり、今はどこかの大学の講師をしていると言われていた。その評論家にとっては災難そのもので、都留子が殴り込みのときにつけた傷は今も額にあるはずだ。

だが、この話はこれで終わらなかった。その評論家は、仕返しの対象が都留子では太刀打ちできないと思ったのか、その矛先を今度は門脇に向けてきた。その新聞の文芸時評が終了した後、唯一残った連載である通信社配信の地方新聞掲載〈文芸ウォッチャー〉という連載で、どこで調べたのか、門脇が担当した作品をことごとく貶すことに終始する時評を書き始めた。門脇にしてみればとんだトバッチリで、間接的とは言え、ここまで露骨に自分が批判されるのはあまりにもバランスを逸していると思い、それが一ヵ月も続いた頃、どうにも見逃すことができず、役員に相談してみると、

「まだそんなことを言っている評論家がいるのか。六〇年代に、倉橋由美子と江藤淳でそんな論争があったが、もうそんな時代じゃないからな。大体、評論家の文芸時評を読んでいるのは業界でも限られているから、一般性はほとんどない。誰も読んでいない時評で何を言われても世の中に対する影響力はゼロだ。そう考えると、今はもちろん、これからも評論家の批評によって、作家の作品が内容的にも売れ行き的にも左右されることは良くも悪くも絶対にないといっていい。

批評は自由だから、内容についてはどんなに貶されても見解の相違で片づけることができたが、今回はどうやら君に対する身に覚えのない個人攻撃だそうだから、会社としてもこれを放置しておくことはできない。まあ、こういうことはすぐに片づくよ」

と役員が言った次の日に、この連載は「筆者急病のため、しばらく休載します」との断りで、いきなり終わってしまった。役員に尋ねると、さも当然そうにこう言ってのけた。

「そんなことは電話一本でなんとでもなる。もう済んだことだ。それより、君には他にやることがあるんじゃないか。さっき今月の売上データを見ていたら、また『文芸界』の売れ行きが落ちているじゃないか。この対策について、今月末の会議で追及することにするから、そのつもりでいてくれ」

それで一応その騒動は終わったのだが、あれほどうんざりした時期はなかったと門脇が思い返しているところに、そのマスターが暇に飽かして、二人のテーブルに近寄ってきた。

「何を深刻そうに話しているんだ？」

「いや、この娘に文壇のことを聞かれたもんだから」

「そうか、それで文壇の何を？」

「そうじゃなくて、文壇とはどういうものなのかとの疑問らしい」

「なるほど、それは良い質問だ」

こいつは本心で言っているのか、いやそんなことはない、そんなに親切な奴じゃないと門脇は思わず考えた。絶対、暇つぶしのいい餌が来たくらいにしか思っていない筈だ。門脇の直感はズバリ当たっていた。

「少し話が長くなるけどいいかな」

「ええ、教えてください」

やれやれ、こういう若い女がたまにいるから、こいつもマスターを辞められないのかもしれない。文壇バーとは言え、今では誰もそういう話題を求めはしないところに、このチャンスだ。これじゃ、今日は一晩中だな。

マスターの、懐かしい名前ばかりが出てくる講義を聞くともなく横で聞きながら、門脇も少し回想に耽っていた。門脇自身もこの文壇という言葉を聞いたのが久しぶりだったが、最初にそのことを教えてくれたのは、かつて老舗文芸雑誌にいた、業界の大先輩ともいえるある人物だった。

＊

一見無頼的な風貌で、その種の言動を常に表しながら、内面に深いコンプレックスと人間的な弱さを秘めていたその人物――高原は、大手出版社をケンカ別れした形で辞し、新たに自分で出版社を立ち上げていた。業績は芳しくなく、十年前、志半ばにして失意のうちに亡くなった。まだ六三歳だった。その先輩にはいろいろなことを教わったが、いちばん印象的なのは、新しい出版社を立ち上げて一年くらい経った頃だっただろうか。

「実際辞めて、これからは自分の作りたい本を作れると意気込んで、自由に出せるとなっていざ考えてみると、実はそんなにないんだな。あの会社の規制の中でケンカしながら作っていたから良かったんだ。自由になったと思ったら、そうでもなかったというわけだ」

おそらく高原の言う通りなのだろう。商業出版という枠の中での本作りだからこそ、それなりのリアリティーが存在しているわけで、その制約がなくなると、何もないまま出版社経営という違う現実に嫌でも向き合わなければならなくなる。だが、その時点で、後輩として、高原にそのことを告げるのは酷だと門脇は考えていた。

そんな思い出も含めて、門脇の記憶の中では、その先輩はいつも意気軒高だった。

「要するに文壇と言うのは、今や売れない作家たちの互助会、コミューンだな。さらに、その共同幻想の場所でもある。これですべてを言い当てていると思うね。

ついでに言うと、文壇の話題がゴルフ場であったというのも、もうこれからは無理だろうな。大体、そんな金が自由になるほど、作家の本が売れているわけじゃない。俺が考えるに、本来文壇と言うのは、個人全集が刊行されていて、文学全集に必ず作品が収録されていて、文庫等の作品の品切れのない作家の集まりだった筈だ。それ以外の作家が、文壇無用論とか言っているのは、そういう集まりに呼ばれていないのと、自分の本が売れていないから、そういう今はありもしない存在に対して怒っているわけだ。バカバカしくて、まともに付き合っていられないよ。出版社がそういう作家の面倒を見られなくなったときに、同時に文壇もなくなったと言えるんじゃないか」

そう教えてくれた高原の言葉が懐かしい。多少でもその辺の知識があるのは今、五〇歳前後の自分あたりで最後だろう。それなのに、団塊の世代の最後の生き残りは、門脇の眼の前で、自分の娘よりも若い女子大生を相手に、ありもしない「文壇」についてムキになって講義している。何とグロテスクな構図だろう。

マスターの講義は気づいたら二時間も経っていた。話す方もそうだが、カシスオレンジ一杯で聞いているこの娘も相当変わっている。これで、また文壇バーの、能書きの多い女がまた一人増えるのか。そろそろ22時だが、この時間になると、マスター世代のうるさい連中がやってくる。ゴールデン街に行くまでに、ここで少し噂を仕入れておこうというわけだ。その前に店を出ようと門脇が勘定を済まそうとしていると、珍しい顔が三人、入ってきた。

第二十七章

業界事情

この三人がこういう場所に来るのはかなり珍しいことだった。まずドアを開けて入ってきたのは、文芸評論家の佐賀だった。もう六〇代になる筈だ。次に入ってきた幸田は四〇代半ば、大手新聞社〈毎朝新聞〉の文化部文芸欄担当で、確か文芸評論家の佐賀の担当の筈だ。後の桜井は、中堅出版社〈恒栄舎〉の取締役編集長で、佐賀はその桜井の同年代の友人だが、現在は、幸田の愛人だというのは業界では有名な噂になっていた。幸田の新聞社の文芸欄のほとんど専属とも言っていい存在で、その専属が五年以上も続いているのは、間違いなく幸田との関係によるものだった。

ともあれ、本の売れ行きにまだ多少の影響のあるこの新聞の文芸欄の担当と、その専属である文芸評論家の存在は、桜井にとっては自社の命運を左右する特別な相手だろうと門脇は思っていた。そうすると、今日は桜井による、幸田と佐賀の接待というわけか。門脇はいずれにしても旧知の三人に声をかけざるを得なかった。

「どうも、ご無沙汰しています。それにしても、珍しい顔ぶれですね。御三方が一緒にいるのは初めて見ました」

「そうかな、いつもこの三人でつるんでいるんだけど、そういえばこの店に来たのは今日が初めてかもしれない、酔って覚えていないだけかな」

そう言って桜井がカウンターに腰掛ける。実際そうだろうと門脇は思った。今どき、わざわざこんな文壇バーで、業界の暗黙である組み合わせを見せつけることはない。三人ともかなり酔っているようで、興に乗ってここまで来たのだろう。

「もう、こういう場所で出版社や作家と打ち合わせする時代は終わりましたからね」

「だったら、文壇バーっていう言い方も変なんじゃない？」

そう言ったのは幸田だったが、この小生意気な女はほとんど新聞の文芸欄の象徴とも言ってよかった。とにかく言うことの一つ一つが気に障るというか、傍若無人とも言えるその尊大な態度は当然、その新聞社の役職から来ていた。最初に知り合ったときにこの女が言ったことを今も憶えている。

「私、この会社に入ってから自分のお金で本を買ったことがないの。いつも膨大に書評用の献本が来るから、一週間で一〇〇冊じゃきかないくらい。だから、出入りの古本屋さんに、毎月月末に来て処分してもらっているわけ。ほとんど新本だからそれなりの金額になって、月末はいつもそのお金で飲み会よ」

と嘯いた。では、その献本された本はどのくらい読んでいるのかと訊くと、

「書評委員会のときに取り上げたい人がいたら、その人に渡すだけよ。出版されるすべての本に目を通すことなんかできるわけないじゃないの。だから、そうね、目を通すのはせいぜい月に二、三冊かな。私だって忙しいし！」

何ともバチ当たりな女で、献本した出版社の連中にはおよそ聞かせられないことだった。だが、それでもこの記者も、実は作家の娘だった。１９７０年代最後の流行作家と言われ

ていたが、1970年代の最後までは保たず、80年代が始まると同時に消えた作家の一人だった。その父親が、唯一新聞小説を連載したのがこの新聞社で、そのときの担当が役員になっていたことから、父親のコネでなんとか娘をこの新聞社に潜り込ませたらしい。とは言うものの、本人にしてみたら意外にこの仕事が向いていたようで、十年前に念願の文化部で文芸欄を担当することになり、その後、佐賀との関係も始まったと言われていた。

佐賀は文芸評論家と名乗っているが、著書は、共著も入れて三冊しかなく、この文芸欄の顧問料、及び専属料がなければ生活がおぼつかないのが実態で、この新聞社のおかげで、五年間生活を維持することができたのには、もちろん幸田の存在が大きく作用していた。例の都留子とのトラブルになった女の文芸評論家の最初の著書『受胎小説』を持ち上げた一人が佐賀だったが、その女が業界から姿を消した後、今度は幸田に乗り換えたというのが業界でのもっぱらの噂だった。

文芸評論家と言うのは大体が作家崩れで、作家志望でものにならなかったのが仕方なくなるものと言われていた。これで生活などできる筈がなく、作家志望のときからの糟糠の妻は当然外へ働きに出て、生活力のない夫を支えているのはある意味当然で、この世界では別に珍しいことではなかった。当然子供はいない。昔の私小説を地で行っているような奴というので一部では有名だったが、その佐賀がどういう経緯で、幸田と男と女の仲になったかだが、それは次のような事情によるものだった。

七、八年前、その新聞社主催の小説公募の賞があり、その選考委員の一人としてたまたま、文芸作家協会の持ち回りの順で、佐賀にお鉢が回ってきた。そのとき、賞の事務局の裏方のスタッフの一人が幸田で、一緒に打ち合わせする時間が多くなったのだと言われている。十五歳も違う、この団塊オヤジと、何故この才媛がくっついたのか、周りは不思議に思っていたが、幸田は実は、三〇半ば過ぎで佐賀と出会うまで、この時代の年齢では珍しく処女のままで、その最初の男が佐賀だったとはほとんど通俗小説――ハーレクイン・ロマンスのストーリーそのものだった。それが実際起きてしまったわけだ。

桜井も、昔からの知り合いである佐賀から幸田のことを聞いたときも最初は冗談で、ただ頻繁に呑みに歩いているだけくらいにしか思っていなかったが、同棲まがいの間柄になっていることを聞いたときはさすがに驚きを隠せなかった。あの幸田がよりによって佐賀に転ぶとは考えもしなかった。たとえ幸田がそれまで処女だったとしても、何か他の理由があるのではと考えていたら、佐賀と飲んでいるときに意外なことを聞かされた。

幸田は実は、作家だった父親が外の女に産ませた娘とのことで、それを幸田に告げたのは佐賀だった。佐賀は、ある筋からそのことを知って以来、その娘が自分の担当になるときを待って、自分のものにしてしまえば評論家としての生活を維持することができると考えたらしい。

どうして佐賀が幸田とそんなに親しくなったかというと、母親に当たる女は実は、女流作家の神尾晴子で、以前より知り合いだった佐賀が、母娘をあるところでうまく再会させたのだという。そのことを恩に着せて、今では流行作家の一人であるその女流作家と、その娘とは知られていない文芸欄担当の幸田の同時推薦が新聞社に対してあり、そのおかげで佐賀は専属になれたわけだ。どこまでが佐賀の計算通りだったかは不明だが、この件には意外な副産物があって、ファザコン気味だった幸田が、これで佐賀を男として見るようになり、今の関係が始まったというのがどうやら真実らしい。だが、桜井はそんなことを十分知っている筈なのに、なぜ今もこの二人とつるんでいるのだろう。これは業界七不思議の一つと言ってよかった。

それにしても、と門脇は考えていた。

大手新聞社社員の幸田はともかく、この六〇代の男二人は、出版不況と言われるこの業界で、これからどうやって生きていくのだろうか。この連中と無駄な人間関係をできるだけ作らないようにしておくのは、言うまでもないことだった。

だが、その文壇バーを引き上げるときに、門脇は、酔って目が虚ろになっている幸田から気になることを聞かされた。

「そうそう、門脇さんもよく知っている、森尾都留子先生のことだけど、最近、何かいいことでもあったの？」

「森尾さん？　どういうことですか」

門脇はまた都留子のことで冷汗をかく。

「先日、私の会社の新聞社賞の受賞パーティーがあったときにね、例によって出席皆勤賞とも言える森尾先生がいらっしゃったんだけど、えらく上機嫌で私に話しかけてくるのね。それで、何かあったのとカマをかけてみたら、何て言ったと思う？」

「いや、わかりませんが」

「もうこういったパーティーに出るのもこれで最後かも、とか言ってるの。気になったんで、さらに聞き出してみたら、近いうちに私の書いた小説が大ベストセラーになるかもしれないから、忙しいのよとかなんとか。何かもう、決定しているかのような口ぶりなのね。門脇さんが仕掛けているのかなあって」

「……いや、全く何のことか見当もつきませんが」

話しながら、わけがわからなくなっていた。まさか例の１００万部プロジェクトのことじゃないだろうな。いや、まだそのノベライズを都留子に任せるとは一言も言っていない筈だ。そうすると、どういうことだ。

さらに、酔った幸田があることをつけ加えた。

「それと、その森尾先生のそばに、どういうわけかずっと変なオヤジがいるの。ダサい人よ。いかにも定年団塊オヤジというような。まさか、そういう仲じゃないと思うけど、ひょっとして、あなたから乗り換えたのかと思って」

飯田だと門脇は直感した。

都留子と飯田がつるんでいるということで、門脇はいろいろなことが見えてきた。あの映像を録画していたのは、実は都留子自身だったのかもしれない。なぜ都留子と飯田が、門脇を思い通りに手玉に取るために裏で手を結んでいたのか――、それは単純に二人の利害が一致したからだろう。目の前が真っ白になった。

都留子は最近伸び悩んでいる自分の立場をこれで一挙に挽回したいのと、飯田は例の映像録画を元に、一応、門脇に貸しを作っている形になっているから、飯田の依頼を無下には断れないと考えているのか。それで、これを盾に都留子にノベライズを担当させるように計画しているのかもしれない。それがどうやら都留子の生来のおしゃべり癖で思いがけず露見してしまったということか。どうやらそう考えるのが妥当なようだと門脇は確信していた。そうでなければ、あの二人がお互い相手をそれほど信用しているとは思えない。

「考えつかない組み合わせほど、脆い仲間はいない」と言うが、門脇はこの二人の計画をどうやって跡形もなく処理して、その関係も断ち切ることができるのか、そのことばかり考えていた。

第二十八章

再提案

城所が門脇に、今回の100万部プロジェクトについて加治木と策を練るようにと話したときから城所は、本の内容もだが、紙と印刷の業者を選定する必要に迫られていた。通常であればこれは社内の制作部の役目だが、今回の件はすべて城所の一存で決めていいと社長の井上の言質は取ってある。

その打ち合わせの中で、制作部の一人から出た具体的な質問は、この計画に不可欠なものだった。

「内容の見通しがついているんでしたら、問題は紙と印刷だけです。最終的に想定している部数が桁違いですから、どこでもすぐに引き受けられる量じゃありません。どこか当てにしているところはあるんですか。これが決まらないと、取次にも搬入スケジュールも含めた出版計画書を出せないし、今回予定している正味の特別条件も決まりませんが」

確かにその通りだったが、その業者についてはまだ城所の考えはまとまっていなかった。先日の〈電報堂〉の加治木からの電話のことも頭にある。全日本印刷と新日本製紙のことを全く無視して決めることもできない。だが、来年2017年の4月発売から逆算すると、そろそろ紙と印刷も決めなければならない時期で、もうそんなに時間は残されていなかった。だが、城所は何かその二社の動きが速過ぎると感じていた。出版社を抜きにして稲田と草野が、この件を加治木に相談しているのも気に食わない。結果的にその二社でもいいのだが、どこで今回の件を嗅ぎつけたのか。その二人のことは知らないわけじゃない。だったら最初から私に直接聞けばいいだけだ。なぜ、わざわざその時期に加治木にそんな話を先にしたのか。

城所がそんなことを考えあぐねている頃、加治木にまた稲田社長から連絡があった。だが、今回の稲田の話は、同席している草野も含めて、全く予想していないものだった。

「例の100万部プロジェクトの紙と印刷の件、その後どうなりましたかな。何か進展はあったのですか」

「いえ、城所さんにその件について聞いてみましたが、まだ業者さんの選定は決まっていないとのことでした」

「そうですか、何か決めかねていることがあるのですかな、つまり、私と草野さんの会社には任せられない理由とかが」

「さあ、私にはわかりかねます。お二人のことについてはもちろんご存じでした」

「それはそうでしょう。集談社に半世紀もいて、私たちと面識がないわけがない。ましてや、城所さんは今も五社会の幹事ですから」

五社会については、加治木も上司の真崎から以前聞いたことがあったが、それが今回の話にも何か関係があるのか。

「実は本日は、もう一つの提案があって、君に来てもらいました。これは私と草野さんが考えたことなんですが、聞いてもらえますかね」

「何でしょうか」

その後聞いたことは、この業界の魑魅魍魎さが如実に感じられるほどの提案だった。

「出版不況については君もご存じかと思いますが、もう後戻りできないところにまで来ているというのが私たちの認識です。私と草野さんの会社も、他のジャンルの開発に躍起になっているが、まだこれといった決め手がありません。

それと、印刷製本、紙の需要が減ってくると、現場の生産ラインの一部が確実に止まってしまいます。つまり、工場の一部が開店休業状態になるわけですが、経営者にとってこれほど恐ろしいことはありません。とにかく工場が稼働していることが肝心です。仮に儲けの出ない仕事を引き受けてでも、動かし続けなければなりません。ところが、どう値を下げても、仕事の需要がないときがある。そこで、今回の100万部プロジェクトの話を聞き込んで、君にその真偽を確認しようと思って先日会ってもらったわけです。この仕事が受注できれば、私たちの工場も少しは稼働率が上がりますが、売上的には実は、自社の年間売上から見ると、そんなに大した金額ではありません。せいぜい一～二億といったところでしょうか。ですが、今回の件で、私と草野はある別のことを考えたんです。これを今日はあなたに話して意見を聞きたいと思っています」

ここからは草野が代わって話し始めた。

「要するに出版社側が、広告代理店の協力を得て、そういうプロジェクトを進めているのなら、私たちのような紙と印刷でも同じことができるんじゃないかと考えたんです」

出版にそれほど精通しているわけではない加治木にも、あまりにも短絡思考のように思えたが、この二人の口ぶりにはある種の胡散臭さが全くなかった。あくまでも冷静なビジネス口調なので加治木はそのまま説明を聞いているしかなかった。

「つまり、私と稲田さんの会社で出資して、新しい出版社を設立し、代理店さんの力を借りて、今回のような100万部プロジェクトを手掛けてみたいのです」

「しかし今、出版社を作るのはそんなに簡単なことではないと思いますが」

「確かにそうだが、最初から、私と稲田さんが保証するなら話は別です。紙と印刷の最大手が出資して設立した出版社は、すぐに具体的な話になります。新しい出版社の設立は約束されたも同然です。取次とも、条件を含めてその日中に二つ返事で取引開始が可能になるでしょう」

ここからは稲田が代わって話し始めた。

「それに、内容にしてもこれから一から考えるのではなく、既に進行中の具体的な話を、設立の企画書に盛り込むとさらに完璧になると思います」

加治木は思わず二人を見返していた。

「つまりその、私が今関わっている100万部プロジェクトの紙と印刷だけを引き受けるのではなく、集談社さんを差し置いて、そのお二人の新しい出版社に計画そのものを移行せよ、と仰るのですか」

「さすが、加治木さんは察しがいい。そのための会社設立という見方もできますでしょう。それで、もう一つの踏み込んだ提案があります、その私どもが新設する出版社をあなたに任せたいのですが、どうでしょうか」

「……」

「これはあくまでも提案です。後はあなたの判断次第ですが、あなたにとってもそんなに悪い話ではないでしょう。私と草野さんの事情をもっと言うと、自社系列で出版社を持っていれば、その仕事を引き受けている限り、とりあえず工場のラインが止まることはないわけです。それと、紙も印刷も昔ながらの工場体質と過去の過剰投資で、今となっては人員が多く、常に何らかのリストラをしなければならないところに来ていて、これは組合とも話はついています。そこで、その余剰人員の受け皿として取次から書店を引き受けないかとの要請も来ていますが、それ以外のリストラ策の一つの受皿として、今回、出版社の設立を考えたというわけです」

「しかし、そんなにうまくいきますかね。仮に今の100万部プロジェクトが成功したとしても、後が続くかどうか。出版社というのはギャンブル性が高い分、持続しない体質らしい。それに私は代理店の人間なので、出版の世界のことはそれほど知識があるわけでははありません」

「おそらくあなたの言う通りだと思う。その出版社が十年、いや五年持続できるかどうかは半々、いや、多分うまくいかない可能性の方が高いでしょう」

「そこまで考えているのでしたら、なぜわざわざ出版社を作ろうとするんですか。確かに工場のライン稼働には一時的な効果があるかもしれませんが」

「結論から言うと、結果的にそれで倒産しても構わないんです。せいぜい欠損は一〇億から二〇億ぐらいでしょう。その程度ならば、私たちの会社の規模からすれば系列会社の連結決算時のちょうどいい赤字にもなって、節税にもなります。さらに言うと、この会社は余剰人員を集めて作るわけだから、倒産するとつまり、合法的なリストラにもなるというわけで、会社を作って潰すのは、我々にとっては別に大したことではないのです」

　こういうことを平然と説明する、この二人の経営者の頭の構造は加治木には理解できないことだった。

「以上、大体のお話をしてみましたが、必ずしも倒産すると決まっているわけではありません。後は社長になる人物次第です。これまで出版社の経験のないあなただからこそ、適任だと思っている。出版社の奴らは柔軟性に欠けるからね。だから、城所さんも今回の件をあなたに任せたんじゃないのかな」

　最後には稲田から、提案に相応しい誘いがあった。

「君もいつまでも真崎の言いなりで動くばかりが能じゃないだろう。いくら真崎からの指示であっても、集談社の仕事ばかり手伝っていても仕方がないんじゃないか。君もこの辺で真崎からの独立を考えるときだと思うが。そのためには私たちも協力は惜しまないつもりだ」

だが、加治木に持ち掛けられた二人のこの計画は、結局実現しなかった。

その誘いに一瞬心が傾きかけた加治木も、結局は真崎からの指示によって、この提案を最後は反故にしてしまう。城所も情報の流失を危惧して、その出元を調べていたが、信じがたいことに、これを稲田たちに流したのは、井上社長の周辺だった。この出版社設立の話が頓挫したその裏に、城所と真崎の知られざる交換条件があったことは、まだ加治木も知らなかった。

第二十九章

リストラ案

藤崎がその日いつものように朝7時に出社して、出版業界新聞を見ていると、「新英社、近々、社長交代か」という記事が目に飛び込んできた。

これは、先日の集まりで聞いた、経営不振から新英社が自社の版権を売却することによる経営権譲渡の一端なのかと思っていると、午後になって、社長秘書から、社長室への呼び出しが来た。最近では珍しいことだと思って社長室に行くと、二人の人物が、田中社長と共に藤崎を待っていた。

藤崎はそのうちの一人とは少し面識があった。先日会った、何年か前に辞めた松田が転職した会社の社長だったが、もう一人は初めて見る顔だ。

「紹介しておこう。紀之川社の鈴木社長と、法律経済社の佐藤社長だ」

そうか、これがあの例の法律経済社の社長なのか。

その二代目社長は、会社の業績とは関係ないところで業界では有名だった。

何でも、父親である創業者の社長が社長室で心筋梗塞を起こしかけたとき、救急車が来る前に、父親を心配して「しっかりしてください！」と言って励ましていると思っていたら、その後、思わず「金庫の暗証番号は！」と問い質したらしい。中小企業の跡継ぎの我欲が端的に出たエピソードだが、それを聞いた社長は救急車の到着を待たず、そのまま絶命してしまった。その場にいた他の連中が、後であの一言がトドメとなったと言ったものだから、こういった噂はあっという間に業界に広まった。だか、そんなことでめげないこの二代目は、父親の告別式で「後は任せてください！」と涙ながらに絶叫したものだから、あれだけ白けた葬儀もなかった。そこには藤崎も出席していたが、その二代目絶叫男が今、目の前にいる。神妙な顔をしているので、藤崎は笑いを我慢するのに大変だった。それにしても、自社も含めて、個性的な中堅出版社の社長が三人も集まっているのは奇妙な光景だった。

「実はこの三人は、業界の書協と雑協の理事同士でもあって、よく会っている仲間でもあるんだ」

出版業界で本当の意味での仲間なんかいるわけがないじゃないか。今更何を言っているんだと藤崎が思っていたら、意外なことを話し始めた。

「今日この三人が集まったのにはそれなりの理由がある。これから話すことは社外秘としてほしい。途中でこの話が漏れると元も子もなくなる」

「何ですか、あまりいい話ではなさそうですね」

「いい話と言えばそうだが、聞きようによってはそうでないところもある。ここで改めて言うまでもないが、ここ最近の出版不況で業界全体の業績が、我が社も同様だが、極端に良くないことは君にもわかっているだろう」

「ええ、それは」

「私たち経営者の側から見ると、もはや瀕死の状態と言っていいと思う。このままでいくとどうなるかは目に見えている。それを昨年より、この三人で考えていたのだが、結論を先に言うと、この三社を合併して新しい出版社を設立しようという話だ」

藤崎にとってはまさに青天の霹靂だったが、ある程度予想できないことでもなかった。状況がここまで来ていることは、営業部長であれば当然予想できた結果だった。

「それについて、営業部長の君に意見を聞きたいわけだ」

「他の二社さんの、――私と同じ立場の方は何と言っているんですか、つまり営業の責任者は」

「そちらへの接触はこれからだ。我が社が最初で、まずいろいろな反応を具体的に知りたいということだな」

「もし、それを本当に実現させるのであれば、それなりにある程度の時間がかかるでしょう。後、組合との交渉とか、それらの雑務を考えると、そう簡単に即答はできないですね」

「もちろん君の言う通りだ。逆に聞いてみるが、この合併遂行の最大の問題点は何だと思うかね」

「それは、三社の社風もそれぞれですから、果たして一つの会社として成立するかどうかということです。刊行している出版物より、それに従事している社員の、言うならば人間関係のことです」

「おいおい、ここは学校じゃないんだから、そんなことは考える必要はない。私はこの三社は、出版物の傾向のダブりがあまりないから、出版社の合併としては理想的じゃないかと思っているくらいだ」

経営者とは都合のいいことを言うものだと思っていたが、あながち見当違いの意見でもなかった。確かに、この三社は珍しくというか、偶然にも出版物の傾向があまりタブっていない。有限書房は実用雑誌、趣味雑誌の専門出版社であり、紀之川社は人文書、文芸書に特化しているし、法律経済社は創業以来、社名通り法律書、経済書の専門出版社として知られている。この合併はそれぞれの会社の欠けている部分を補うという意味もあるのかもしれないが、三社が一緒になるということは、一社ではビジネス的に脆い部分があって会社を維持できない状態であることも同時に意味していた。年商にしても、有限書房が三〇億未満、紀之川社と法律経済社がそれぞれ二五億前後の筈だと藤崎は記憶の中の業界情報をかき集めていた。この三社の中では、有限書房が少し年商が多いかもしれないが、中小企業であることに変わりはない。今の社長の話はいかにも中小企業の経営者が考えつきそうな浅知恵だった。特に、二代目絶叫男は、まさにその条件をすべて身につけていたと言えるだろう。

それより、もっと肝心な、避けて通れない問題があるだろう――。そう藤崎が思うのと同時に、社長がその話をし始めた。

「いちばんの問題は君も危惧しているように、人員の問題だ。この三社はそれぞれ正社員数が五〇〜六〇人だから、合併すると単純に一五〇人以上になってしまう。会社が一つになったからといって、社員が合計数にならないことは君にもよくわかっているだろう。そうだな、多くて一〇〇、少なくて八〇人あたりが適正だと思うんだが、どうだろうか」

そこまで聞いていて藤崎は、これが合併に名を借りた、裏を返せば巧妙なリストラだということがわかってきた。

だが、そのために合併が必要なのかと反論できないのが現在の出版状況だった。業界全体はもちろん、自社でも業績低下がここまでくると、リストラと会社存続は表裏一体で、合併による人員削減となればそれぞれの会社の組合も状況からして受け入れざるを得なくなるのは必至だった。

藤崎は、一見深刻な顔をしながら説明している社長や、他社の経営者たちの表情を観察しながら、出版業界というのは不思議な人物像を作り出すものだと思っていた。他の業種でも同じなのだろうか。所詮、出版社も単なる中小企業の一つに過ぎない。とっくにわかっていた筈の事実を藤崎は改めて直視させせられることになった。さらに、社長からトドメとも言える提案があった。

「ということで、合併になった際、自社の新しい人員構成はどうなるのが適正か、君にその具体的なプランを考えてほしい。時間はあまりないんだが、そうだな、一ヵ月以内に頼む。早期定年退職を推奨しても構わない。その後、来年の四月の合併に向けて、三社で細部を詰めていきたいと思っている」

社長の話を聞きながら、藤崎はもう一つの意図がわかってきた。来年、２０１７年の４月１日は消費税の10％が施行される日で、いちばん消費が低下する日でもある。売上に最も影響がある出版業界でその日に合併を実施するのは、もうこの三社は完全に自社の活動継続を断念したということだ。つまり、合併はそのための業界への意志表明でもあり、これでスリムになった筈の、合併した新しい出版社の業績を最初からさらに落ち込ませるためのこの期日での発表なのだろう。

この合併によって「出版文化の火を消すな」と、おそらくマスコミが勝手に使うであろうスローガンは、この意図を隠すための言わば絶好のカムフラージュとなる。

この三人の社長たちは、その前に自分たちの資産については、社内の内部留保から緊急避難させているのに違いなかった。藤崎はそういう状況になることがわかっていても、自社のリストラをどういう形であれ考えなければならなかったが、その妙案は思い浮かばず、頭をよぎるのは合併後の給与額と、家のローンや子供の教育費のことばかりだった。

第三十章

不信感

それから一週間後、藤崎がしばらく普段の業務に没頭しているとき、新刊会議の場で部下の高橋から、声をかけられた。

「実は、先に部長にお話ししておいた方がいいと思いまして」

何か言いにくそうだったが、

「今度出す、大木先生の新刊のことで、先週、スワンプに事前の部数の打診に行ってきたんですが」

スワンプが日本に上陸して十五年が経過した。最初は本の販売からスタートしたが、今ではそれ以外に、CD、DVD、家電から食料まで、何でも扱う巨大販売チェーンと化していた。当然、出版社にとって無視することのできない販売先で、特に個人書店が廃業に追い込まれる中、その不便を補って余りあるネット販売の利点は、大半の出版社にとっては不可欠な存在となっていて、有限書房も例外ではなかった。

「スワンプで何かあったのか」

「実は、今回の新刊から、取引条件を変更してもらえないかと言うんです」

「というと、どういうことだ」

「つまり、以前から提案されていた、直取引に変更してほしい、そういうことです」

直取引とは、取次を介在しない、出版社と販売店との契約のことで、取次の中間利益がなくなるので、その分、取り分が多くなる半面、オール・オア・ナッシングで売れないものは最初の在庫が切れた時点で、品切れとなって、補充までの審査が厳しくなる。既存の取次に気を遣わなくてもいい大手出版社は、大体この直取引に応じているが、問題は中堅の出版社で、取次に気を遣うところは、従来通り取次を通した形で取引をしていたが、在庫表示、補充については、直取引の出版社を優先するためにどうしても二番手扱いで、後手に回る対応が目立っていて、そこには明らかにビジネス的な差異が存在していた。

　そんな状況の中、有限書房もここ二～三年どちらを取るかの岐路に立たされていたが、それが今回再燃してきたことになる。藤崎はその決断を迫られていた。しかも、今回は、気難しい時代小説作家の原稿をやっと拝み倒して取ってきて、年明けの目玉として、有限書房でも期待をかけていた新刊だった。一日中、パソコンでこのスワンプの本の売れ行き動向をチェックしているこの作家が、もし一時的にでも画面に品切れ表示が出るのを見たら、どういう行動と態度を取るかはわかり過ぎるほどわかっていた。

　なんとかしなければならない、時間も後一週間しかない。ここで、スワンプの軍門に下るかどうかだが，藤崎は元々このネット書店の優位性を評価していて、このネット書店がなければ採算が合わなかっただろうタイトルも少なくなかった。だが、何もかもスワンプに頼り切っていいのか。スワンプの功罪はいろいろあって、良くも悪くも売れ行きが短期間で判明することで、売れ行きの悪い本はすぐに露見する。ということは、常にスワンプのデータを注視している書店側では、そのまま返品対象になる。

つまり、書店側がスワンプで売れ行きの芳しくない本が書店で売れるわけがないと考えても一向に不思議ではない。だが、同著者の作品や、その関連本をそれ以後仕入れることを止めてしまうことにも繋がっていくのであれば出版社にとっては致命傷だ。今後の対応のためにも、なんとか一度、スワンプの気勢を削いでおく必要がある。

というのは、藤崎は以前あることでスワンプのバイヤーとトラブルになったことがあり、その経緯はあまり思い出したくないが、今も藤崎の心のどこかに引っかかっていた。

＊

あれは確か五年くらい前の頃のことだ。有限書房の新刊が、どういうわけか一ヵ月前からの事前予約で、初版部数の二割を超える受注になったことがあった。そのとき、藤崎は、当時のスワンプでバイヤーだった、担当の二木という二〇代の男と初回配本数について打ち合わせをしていた。

そのとき、二木は突然こう言いだした。

「今回の新刊の初回配本数ですが、ちょっと事前に確認させていただきたいことがあります」

「何でしょうか」

「実は、こういう発売日前後にその後の売れ行き予想のつかないアイテムが以前よりいくつかありまして、今回、これからお話しすることをご了解いただきたいんです」

本をわざわざ「アイテム」と言い換えるのはこの外資系のスワンプの常套句だったが、それはともかく、こういう低姿勢の態度を取るときは、決まって何かある。次の提案は案の定だった。

「要するにですね、発売後の品切れを防ぐために、予めある程度の在庫を確保しておいてほしいんです」

「なるほど」

ほとんどの出版社の営業はそう言うだろう。ところが、それから後の提案は藤崎の予測とは大きく違っていた。

「現在、こちらのアイテムの事前予約数が約一〇〇〇部近くあるので、仮に一〇〇〇として、今までの経験則で、発売日の予定在庫は事前予約の二倍ということで、後二〇〇〇部、発売日にすぐ入庫できるように、御社で在庫を確保しておいていただきたいのです」

とすると、スワンプだけで、三〇〇〇部ということになる。普通なら嬉しい誤算になるだろうが、初版五〇〇〇部の本としては極めて異例な、しかもいびつな配本になる。

藤崎は当初、この本の配本を次のように考えていた。

○東京屋　1500

○全販　２０００（内、スワンプ分　５００）
○西販・桃田　８００
○地方社　注文扱い
○細洋社　１００
○合和　注文扱い
○本社分　１００
○倉庫分　５００（書店注文用、在庫）

これを今回スワンプの言うとおりにすると、次のようにかなり訂正しなくてはならなくなるが、これは配本としてあまりにも極端なものだった。

○東京屋　５００
○全販　１５００（内、スワンプ分　１０００）
○西販・桃田　８００
○地方社　注文扱い
○細洋社　１００
○合和　注文扱い

○本社分　１００
○倉庫分　２０００（スワンプ専用、追加用在庫）

スワンプの事前予約は他の取次も随時チェックしているから、東京屋もこの配本数では収まらないだろう。西販や桃田にしても同じで、大体、スワンプ帳合の当の全販の一般書店分が、まずこの部数では話にならない。藤崎としては、この問題を回避するためには、選択肢は一つしかなかった。単純に初版部数を上げることだが、まだ発売前の時点でそれを決めるのは性急過ぎる。もう一つの疑問は、ネット書店の中でも、スワンプの事前予約だけが肥大した数字になっていることだ。これはちょっとおかしい。大体スワンプがこの数字なら、他もそれに追随する筈だが、今回その傾向は見当たらない。そう考えた時には時間もほとんど残されていなかった。結局、藤崎は部数を少し増やして対応することにしたが、この事前予約数で、スワンプの要求通りの部数を確保すると、推定初版部数は倍の一万部になる。だが、ある種の危惧があった藤崎は、なんとかそれを八〇〇〇部に抑えるのが精一杯だった。

だが、結果は思いがけないことになった。

やはり藤崎の危惧は当たっていた。スワンプの事前予約数だけが肥大していたのは、著者の妻の親戚筋が、なんとか今回の新刊をベストセラーにすべく後援会を動員して、事前予約に協力というか強制的に購買予約させたらしい。ちなみにその本は、都議選に初出馬する元内科医のマニフェストをテーマにした『新・改革論』という本だった。実売があるのであれば、別に内容は問わない藤崎の立場では、政治信条に興味はなく、ある程度の組織買いが見込めるということでスタートした企画だった。

結果的に、実売を記録したのはその事前予約の一〇〇〇部だけで、後は全く動かず、返品の山になってしまった。

それに追い打ちをかけたのがスワンプの態度だった。発売日の午後になって、追加分の搬入は少し待ってくれとの連絡が二木よりあり、一日待っていると、追加分は必要なくなったので、もう搬入してもらわなくてもいいとのことだった。あまりにも一方的な通知に、顔色を変えた藤崎がスワンプに赴いて二木に説明を求めると、

「事前予約は、あくまでも予測ですからね。事前注文で一〇〇〇部前後の予約があった後、発売日までに、どういうわけかこのアイテムに全く注文が来なくなったんですよ。さらに、発売日当日の受注が一冊もない。これは事前予約が、組織的なものによるものであることは誰でも判断できます。ということで、追加の必要はなくなったわけです」

「いや、それはそうでしょうが、事前の打ち合わせで、後二〇〇〇部確保してほしいというそちらの要請に合わせて、その部数を確保しておいたウチはどうなるんですか。しかも増刷までして、その部数を確保しておいたのに、ですよ。そのことについての御社の見解

はどうですか」

「見解と言われましても、数字がすべてを示しているわけですから、それに従うしかありません。事前予約の部数はそのまま売れたので、良かったんじゃないですか」

まさに手のひらを返した対応とはこのことで、藤崎は相手の話を聞きながら考えていた。この連中は、しょせん販売ネット会社の人間で、本来の出版業界の住人ではない。要するに、ネットの特性を生かした事前予約の数字だけで仕入れを決めているデータマンにしか過ぎない存在、それを藤崎は今更ながら思い知らされた。本を売ろうとする体温が全く感じられない。結局追加用だった二〇〇〇部はそのまま不要在庫になってしまい、その本は赤字になってしまった。藤崎は始末書と三ヵ月の減俸処分となった。

この連中とは、ある程度距離を置いて付き合った方がいいと、以後はスワンプのデータはある程度の指針とか受け止めなくなっていたが、ここまで出版不況が続くと、さすがに藤崎も少し考えを変えざるを得なくなるときもあった。それでもスワンプに対する不信感だけは今も変わらなかった。

＊

藤崎がそんなことを反芻していて、そういえばと気づいたのが、先週、門脇から聞いたことだった。門脇が先日、今ある新刊プロジェクトにかかわっていて、これでスワンプに

「一泡吹かせてやると息巻いていたな。集談社のことだから、ただの新刊ではないだろう。そのことを聞いてみてから今回の対応を考えようと、藤崎はその場ですぐ門脇に連絡を取っていた。

次の日に会った門脇は藤崎からの話を聞いても、あいまいな返事しかできなかった。

「申し訳ありませんが、ちょっとその件はまだお話しできないんですよ」

「言うと差し障りのあることがあるわけですか」

「まあ、そういうことですね」

「でも、ある程度のヒットを期待している本ということでしょう。もちろん、スワンプでは大量に販売するわけですか」

「もちろん」と言って、門脇は販売について、意外なことを語り始めた。

「内容についてはお話しできませんが、以前少しお伝えしたように、これでスワンプに一泡吹かせてやろうと思っています。いかにネット書店の最大手といっても、いつまでも相手の言いなりになるわけにはいかないですからね」

「というと？」

「つまり、この新刊についてはスワンプの思い通りにはならないということですよ。

ご存じのように、集談社もスワンプとは直取引ですが、販売の観点からすると、スワンプだけで販売しているわけではないですから。スワンプの販売シェアは全体のせいぜい上限二割でしょう。ほとんどの部分は書店で売ってもらわなければならない」

　そう説明しながら、門脇は先日、役員に言われたことを思い返していた。

「今回の100万部プロジェクトについては、販売についても私に考えがある」

「販売まで、役員が考えるんですか」

「当然だ、今の出版は、作るだけでは話にならない。どういうふうに販売するかまで想定しておかないと最終的にはすべてが完結しないと思っている。これは以前から考えていたことだが、この出版状況では尚更のことだ」

　役員の説明による、今回の販売計画は次のようなものだった。

「今言った私の考えを具体的にするために、今回の100万部プロジェクトの本は、今までとは違う販売方法にするつもりだ」

「と言いますと?」

「この本はスワンプより、一般の書店にスワンプと同等の条件で、しかも優先的に配本することにしたい。具体的にはこういうことだ。

　スワンプでの販売は書店販売と同時期のスタートにする。スワンプを始めとした他のネット書店も同様だ。この本はすべてのネット書店で事前予約を受けつけないことにする。

　つまり、最初から書店と同等の条件にするということだ。

　そうすると、この商品はすべて買い切りだから、書店同様、スワンプは事前予約なしに初回の入荷数を見極めなければならなくなる。書店と同じ条件にしようというわけだ。もちろん、書店正味もスワンプと同じ掛け率にする。六〇〜六五あたりになると思う。そうするといちばん正念場に立たされるのがスワンプだ。今までは事前予約に応じて初回配本数を決めていたが、それがなくなるとどのくらいの冊数で発注すればいいのかわからなくなるからな。

もちろん、今までの実績を盾にして様々な圧力をかけて来るだろうが、一応集談社は日本の大手出版社の一つだから、そう簡単にハイと言うわけにはいかないし、言う必要もない。集談社のこれから出る他の本に影響があると言ったら、そんなところには配本しなければいいだけだ。これはいわば、他の出版社も含めた日本の出版社全体によるスワンプへの警鐘だ。お互いの利益が共有できているうちはいいが、販売の優位性を笠に着たビジネス的な観点だけで、日本の出版をすべて左右できると思われては困る。今回はそのいい機会だと思う。君は編集担当だからそのことを知る必要はなかったが、そこまでわかっていてほしいと思って打ち明けた。だから、絶対他言無用だ。以後は、販売のことについては私に一任してほしい」

そういう話を聞いたばかりだったこともあり、尚更、藤崎の質問に答えるわけにはいかなかった。

「とりあえず、その新刊が出るまで待ってもらえませんか。その頃には大体の事がわかると思います」

「その新刊が出るのはいつですか」

「来年の4月1日、消費税10％が施行される日です」

第三十一章

もう一つの案件

同じ頃、珍しく役員は、井上社長から呼び出されていた。社長と改まって話すのは会議以外では久しぶりだった。

「例の100万部プロジェクトについては、もう少しで概要が固まるので、出版の時期も含めて、今月中にはお話しできると思います」

「そうですか。いや、今日来てもらったのは、別の案件についてです」

この社長が、「要件」ではなく「案件」と言うときは必ず何かあるときだと思い、役員は背筋を正した。

「お話は二つありまして、一つは例の新英社の件です。近々、版権を売却するとの話を聞きましたが、仮に我が社で獲得できた場合、必要な人員と予想売上について試算してもらいたいんですが」

「というと、新英社を買い取る考えがあるわけですか」

「吸収合併的なことも考えましたが、それなりの大手出版社同士がどちらかと一つになるというのは、業界的にもあまり明るい話題にはならないと思うので、版権の一部を買うことで新英社を手助けして差し上げる形の方が世間体がいいんじゃないかとの意見がありまして」

「なるほど。でも、結果的には同じことになりますね」

「ええ、でもちょっと考えてもらえませんか。あまり時間がないようなので、今月中にお願いできますか」

「それは、どこから来た話なんですか」

「まあ、いろいろとありましてね」

「それで、具体的な譲渡金額の提示はあるんですか。つまり、金額は決まっているんでしょうか」

「ここだけの話ですが、一応、一〇億円の提示が来ています」

一〇億か。

それなりの金額だが、あの新英社の最後の財産がこのくらいの金額なのか。しかし、まだこのくらいの金額の価値があるうちに譲渡した方がいいのかもしれない。倒産してしまうと、こんな金額など、どうやっても出て来ないだろう。そんな思案をしていると、社長が続けた。

「それと、これに関与する人員はすべて社内の人員シフトで賄ってください。言うまでもないですが、我が社は今でも人員が多いと思っています。特に編集関係の余剰人員の選出は役員の方で決めてもらえますか。要するにこのプランで、社外から新たに人員を雇う気は最初からないということです」

まあそうだろうと、役員は社長の考えは極めてまともだと思っていたら、この後に、意外な話がついてきた。

「それともう一つは、この機会に編集以外にも、社内の根本的なリストラを考えています。詳細は追ってお知らせしますが、新英社の件が片づいたら、その発表の前に、社内のリストラを済ませておく必要があります。営業、販売、業務の部署が中心になりますが、廃刊になった雑誌の編集部の人員も含めて、一括してそれを引き受ける受け皿となる、新しい別会社を作ってそこに移す予定です。一応、転籍の形になりますが」

「その新会社とは、何の会社ですか」

「その前に、役員も、集談社であってもこの出版不況を今のままで切り抜けられると思いますか。特に一〇〇〇人近い社員を擁している我が社にとっては極めて深刻な事態です。今、お願いしている100万部プロジェクトが成功しても、実は全体の業績にはそんなに影響はありません。いちばん肝心なのは社員数です。これをなんとか二割削減したい。先日、財務部ともこの件で打ち合わせしたばかりですが、これだったらなんとか我が社もこのまま維持できるらしい。しかし、その二割をそのままリストラすることは組合もあるし、簡単にできるわけがない。例のリストラ部屋とかで、社外で問題にされるのは実際うんざりなんです。まあ、その実態は私も後で知って、ちょっと信じがたいことでしたが」

社長の言う「リストラ部屋」とは、社内で受け皿の部署がない、定年前後の六〇代の元編集者に対する部署として社外に設置された「企画部」の別名のことだった。役員は、これに関しては人事部の範疇なので、何をしているところかよく知らなかったが、その実態は社長同様、驚愕せざるを得ないものだった。

　これは、後にこの件で更迭された人事部長が出入りの印刷所の幹部に相談しているうちに考えついたことらしいが、永遠に刊行されないゲラの校正を一日中させているのだという。他の出版社で以前使っていたゲラを入手した印刷所が、それを通販専用の全集、百科事典のものだと称して一年中校正させているのだというが、編集者にとってこれだけ残酷な扱いはないだろう。いつまで経っても本にならない、不要で無用の本のゲラの校正、徒労を超越した究極の空しい作業とはこのことで、その校正中、ある年配の編集者がその部屋の責任者に聞いたそうだ。「この本はいつ刊行されるのですか」と。

　このことは社長にとっても役員にとっても取り返しのつかないトラウマとして、今も心の中に残っていた。

「それで、その人員のことを考えていたら、先日、某取次からあるお話がありまして」

「何でしょうか」

「実は、書店の大阪館チェーンが業績不振で、今月末の手形が落ちるかどうかわからない状態らしいんです。それで、」

「それが、何か我が社と関係があるんですか」

「そのチェーン二百店を我が社で引き受けてもらえないかというんです」

「書店経営を出版社に？　どういうことですか」

「取次としては、二〇〇店の帳合書店が一挙になくなると、取次の経営にかなり支障があるどころか、取次自体の存続にかかわる事態だろうとのことでした」

それはそうだろうと営業方面についてもそれなりの知識と情報を摑んでいる役員としては、書店倒産に連鎖する取次関連の影響は容易に想像できた。

「この話は最初、全日本印刷に相談したそうで、印刷会社も余剰人員を抱えて大変ですから、前向きに考えていたらしいんですが、私の方で、東京屋の社長と会って、集談社の方でも検討させてもらえないかと提案したんです。

というのは、大阪館チェーンの帳合の二〇〇店は元々東京屋とで全販と半々ですが、どうやら東京屋の方に集約されるそうです。東京屋との話は極めて具体的で、このチェーン二〇〇店を引き受けてくれたら、条件についてはもちろん、支払いも、まず出版の方では内払いは80%まで引き上げてくれて、書店の方では支払いを一年間延勘《のべかん》にすると言うんです。

そこで私も少し考えましてね。出版不況でなければこんなことは考えなかったでしょうが、ここに至っては、出版社が販売部門である書店を持っていることは決してマイナスではないし、アンテナショップとして、自社の本の売れ行き傾向、データを蓄積するためにもムダではないだろうと。ですが、書店となると、同じ業界でも勝手が違い、また部外者を雇用する必要があるので二の足を踏んでいたら、取次からエリア別の担当マネージャー的な店長を社内で用意するので大丈夫だと言うんです。そこで、私もちょうど社内のリストラを考えていましたから、これはいい考えではないかと」

つまり、別会社を作るというのは取次と出版社のリストラについての利害が一致したということなのだろう。そこからのプランにしても、実に巧妙でありながら、現在の状況を考えると極めて合理的な発想でもあることは役員も認めざるを得なかった。だが、社長の話には、まだ続きとも言える、もう一つの提案があった。

「その別会社は販売部門の書店だけの専門の会社ではありません。編集部門もある、いわば一つの出版社としての別会社です。先ほどお話しした、新英社の版権が獲得できたら、すべてこの別会社にそのまま移すことにしています。それに合わせて、我が社に現在ある、文芸部門もすべてここに集約して、文芸を中心とした専門の出版社になります。新英社の版権が既にあるわけですから、一から立ち上げるわけではないので、かなり成算があると思うんですが」

この時点で役員は社長のすべての魂胆がわかってきた。

新英社の版権獲得も、例の100万部プロジェクトも、取次からの要請で書店経営を引き受けることも、要するに、社内のリストラを大前提とした話になっているわけだ。このリストラ策も世間的には社内のリストラを合法的に解決した社長の経営手腕ということで喧伝されるのだろうが、そんな良心的なことを、出版社に限らず、世の中の経営者が考えることがないのは、役員は今までの経験でよくわかっていた。

役員の推測はこうだった。

新英社の経営破綻のそもそもの発端は、出版業界の現実から考えると、漫画と雑誌がなかったことで、文芸出版とはもともとそういうものかもしれないが、２０１６年の時点では極めて致命的な要素だ。社長の最終的な考えは、現在の我が社からの、漫画以外の非採算部門の切り離しで、これを合法的に吸収するための新しい出版社を設立することだった。しかも、それによって社内のソフトランディングなリストラも無理なく施行することができる。取次の営業救済とリストラの手助けもできて、かなりの貸しも作ったことになり、取引条件も更に優遇されるだろう。

これほどうまくできたプランは役員でも考えつかなかったが、社長自らがこんなプランを考えつくとは到底思えない。おそらくこれを社長に進言した誰かがいる。

世間はこの新会社に、新英社の版権を元にした将来有望な文芸専門の出版社の登場ということで一時は話題になるだろうが、おそらく、よく保っても三年だろう。文芸書を中心にしている限り、もはや誰がどうやってもこれくらいが限界なのを、役員は長い業界生活で会得していた。

要するに、このプランは巧妙なトカゲの尻尾切りで、自分が社長でも、社内の文芸関係に関与したい編集者すべてに声をかけて、この会社への転籍を勧めるだろう。

そして、三年後にはこの出版社は経営破綻して、その時点でこのリストラは見事に完成する。そのとき、本社である我が社は、漫画とその周辺の関連部門だけの出版社として、適正人員で、おそらく日本の出版社最大の収益を上げているに違いない。

このプランの中のどこに問題があるかと言えば全くない。出版の原点とか、良心の呵責といった辞書の意味もまた必要ない。そこにあるのは、出版ビジネスという言葉だけだ。最終的に残るのはその現実に気づいた人間だけで、この社長は間違いなくその一人だった。

「そういえば、最近よく思い出すんですが、先代の社長、つまり私の父親が生前よく私に言っていましたよ。出版社の社長が本を読むときは、評論家の評価など気にしないで、売れている本だけを読めと言うんです。そこには絶対売れる理由が隠されている筈だと。そして、売れていない本は読む必要はない、とも。そのときは何を言っているのかわからなかった。しかし、ようやくこの歳になって、その言葉の意味がわかってきたような気がしています。出版社にとっては、売れている本だけに意味があり、本の価値を決めるのは、実際に金を出して本を買った読者だけだということが」

社長の長い提案を聞きながら、これまでの経緯のすべてを理解した役員は、辞職真近でありながらも、このときになって初めて、全く違うことを考え始めていた。

第三十二章

失地回復

集談社の役員が、新英社の石原社長と連絡を取ったのは、2016年の師走に入ってからだった。

役員と石原は初対面ではなく、大手出版社五社による〈五社会〉という集まりがそれぞれの出版社の初代の時代からあり、三代目あたりから集談社で番頭役を務めていた役員は幹事として各社の社長とは普通以上の面識を得ていた。その五社とは、集談社、新英社、講学社、学習館、文壇冬夏で、結果的に漫画の売上が突出している集談社、講学社、学習館以外では、新英社、文壇冬夏は文芸出版社の傾向が強く、総合出版社と言えるのは唯一、集談社だけになっていた。

新英社、文壇冬夏には漫画と雑誌がなく、文芸書籍が中心だったことが現在の業績不振を招いたのは周知の通りだったが、かといって他に新しい分野に手を出す余力もなく、特に新英社は社員の高齢化と旧式の年功序列による高給が不振にさらに拍車をかけていた。ここ二十～三十年、新英社の経営と売上を維持していたのは文庫だけだった。それとは逆に、文壇冬夏は別会社で、自社刊行物の映像化を専門に手掛けるようになり、文庫小説を原作とした漫画化についても遅まきながら手を染め始めていた。

ある程度の年齢のサラリーマンたちにとって、有名な時代小説家の原作による漫画作品は一般文芸書と違和感なく同等に受け入れられ、原作の小説もその相乗効果もあって更にロングセラーになるという好循環を生んでいた。これで、バブル以降の二十年間をなんとか乗り切ってきたと言われている。だが、そういった発案もなく、文庫だけに頼っていたずらに負債を積み重ねていたのが新英社だった。

「ご無沙汰しています。前にお会いしたのはいつでしたかね」

「年一回開く、五社会の今年の新年会ですよ」

「そうでしたか。どうも最近、七〇を超えて以来、物忘れが激しくなって」

「そんなことはないでしょう。最近でも役員のお噂は、いろいろなところで耳にしますから」

「今日お会いしたのは、その来年の五社会のこともありますが、他にも……」

と言いかける間もなく、石原は切り出した。

「来年の五社会ですが、これには残念ながら小社は参加できないと思います。というより、その時点で、五社会は四社会になっているかもしれないので」

「やはり業績の方が厳しいということですか」

「もう大体ご存じでしょう。厳しいというより、今年に入って、毎月の手形を落とすので四苦八苦している状態です。不動産的なものはすべて抵当に入っていますが、なんせキャッシュフローが不足していて、先月からは、取次に前払いの更なる前倒しと、その％も上げてもらっています。ですが、これはいわゆる綱渡りで、前払いのために、今まで以上の新刊を搬入しなければならないわけで、手形の支払期間を延ばすのにも限界があります。

これで来年四月一日に消費税が10％に上がると、出版業界全体の売上が10％前後落ちるという試算があるそうで、それが小社にあてはまるとすれば、小社の場合はもっと売上減になる可能性が高い。そうすると、このままでいくと4月末の手形は確実に落とすことができなくなり、この時点で小社は……」

「新英文庫の版権をすべて売るというお話も、その一環ですか」

「よくご存じじゃないですか。これはまだ一部しか知らない筈ですが。それが小社の、本当に最後の財産です。これがある程度の金額で譲渡できれば、まあ、一息つけますが」

「売却先は決まりそうですか」

「何社か候補があるようで、取次にいる知人に間に入ってもらって、水面下で交渉中です」

「これは仮の話ですが、その候補相手が提示する、想定金額以上の出資先が見つかれば、その話はそれで決まると考えていいわけですか」

「と仰いますと？」

「たとえば、私がある程度の金額を出せるところを見つけて来たとしたら、この話は私に任せてもらえますか、ということです」

「城所さんからのお話ならば、それはもちろんです。五社会の先代から、周辺事情を知っていて、今も会社に在籍されているのは役員だけですから。以前、父親からも、役員にはあることで一方ならぬ配慮をいただいたと聞いています。ここに父親がいたら、同じように答えると思います」

そういえば、ある作家の新英文庫収録のときに、この作家の版権独占を手助けしたことがあったが、そのときもこれがないと年間売上に欠損が出る寸前だった。そのことをまだ恩に着てくれているらしいが、二代に亘って面倒を見るようになるとは。

「わかりました。私に考えがあるので、少し時間をもらえますか。年末までに、もう一度お会いすることになると思います」

＊

その頃、門脇には、加治木からノベライズを書くための完璧な材料が用意できたので、ノベライズを担当する作家もしくはライターは決まったかどうかの連絡が来ていた。そろそろ決めなければならない時期に来ていたが、この時点で門脇は、当然ながら都留子と飯田は頭の中から消していた。代わりはいくらでもいる。

それより、この二人にどうやって引導を渡して、このことを諦めさせて、出版業界から完全追放するか、そのことばかり考えていた。特に都留子に関しては、二度と顔を見たくないほどの嫌悪感さえ抱いている。加治木に頼むと役員にも知られてしまうので、ここは自分で処理しようと棚田を呼び出して、つい先日相談したところだ。

「そんなことですか、簡単ですよ。今回の件ではお世話になったので、別に報酬外の仕事で結構です」

「いや、これについてはちゃんとお支払いします」

「それでは、そのことは置いておくとして、この話ですが、私に任せてもらえればーヵ月以内に誰もその存在を知らなくなります、というか、自ら姿を消すように仕向ければいいだけです」

「というと？」

「そのノベライズを狙って、二人が画策しているわけでしょう。だったらお互いがお互いを必要な相手だと思わないようにすればいいんです。つまり、お互いに相手がこの話を独占しようとしていると猜疑心を持たせて、二人がいる場で、それを故意に打ち明ける。そうするとお互い疑心暗鬼になって警戒し始めて、最後はお互いが邪魔な対象になる。簡単ですよ。


そういえば、確か来週、集談社のノンフィクション賞のパーティーがありますね。場所はそこにしましょう。そこに二人を呼んで、今お話ししたシチュエーションにする。そこで、門脇さんが来年の一大プロジェクトとして、このノベライズの刊行のことと、そのノベライズ担当の作家を二人の前で発表したら、これで終わりです。何もしなくても、この二人は業界からいなくなります」

理路整然と話す棚田の、シンプルかつ明確なプランに圧倒されながらも、とりあえずここは言う通りにしてみようと思った。棚田にすべてを任せたのと同時に、門脇は早くもノベライズの最終候補を誰にするかを思案していた。

一週間後、そこで起きたことは、その瞬間に誰もが知っている話になった。

棚田の唯一の誤算は、その場で都留子と飯田が取っ組み合いのケンカを始めたことだった。当然のように、その場にいた誰もが携帯で撮影して、すぐに拡散させたものだから、なんとYAHOO!のトップニュースにさえなった。

そして一日も経たないうちに二人は消息不明になった。飯田はもともと定年後の一般人だったから、誰もその存在を気に掛ける者はいなかったが、何でも、都留子は海外に語学留学に出たという話だった。彼女がいなくなっても困る編集者は誰もいなかった。代わりの書き手はいくらでもいる。門脇は、他の件で忙殺されていて、そんなことを気に掛ける余裕もなかったが、都留子の電話番号を着信拒否の設定にしたのは言うまでもない。

第三十三章

猶予期間

２０１７年１月６日、東京屋の〈新春の会〉は華やいだ雰囲気が全くなく、消費税10%施行日の４月１日が迫っているためか、重苦しい空気が会場内に蔓延していた。

もう一つの取次の全販は業績不振で、そんな余裕もないのか、二年前から新春の会を中止していたこともあり、在京の出版業界の新春の会はこれだけになっていた。それだけに出席者はいつもより多くなってはいるが、内実は東京屋にしても厳しいもので、それは会場の飲食物一つを取っても、取次の経済状況が如実に現れていた。

藤崎は年が明けても、ここ半年の間に起こった様々な業界の変化の中で、これからの自身の将来を決めなければならない岐路に立たされていて、年賀状を書くゆとりもなかった。会社のことを考えるのか、それとも自分のことだけを考えるのか。藤崎は顔見知りに会っても、明るい話題がないので、早めに切り上げようとしていると、細井と大堂、そして江田が目の前にいた。どうやら藤崎を探していたようだった。

「浮かない顔をしているな」

「まあ、これだけ明るい話題のない業界の新春の会もないだろうな。しかも、４月１日が目前に迫っている。できるなら、この場でこの業界から逃げ出したい気分だ」

「みんな同じことを考えているんじゃないか。手をこまねいているわけにはいかないが、打つ手がない」

「さっき聞いたんだが、この会の最後に重大発表があるというんだ。知っていたか」

「いや、いい話じゃないことは確かだ。まさかまた出版社の倒産じゃないだろうな」

「そんな暗い話をわざわざこの場でする筈はないだろう」

「じゃあ、何の発表だ」

そう話していると、司会から、その発表があるとのことで、会場の全員が壇上を見つめていた。そうしているうちに東京屋の社長が現れた。

「新春に相応しいニュースが入ってまいりました。正式には本日午後に発表になるそうですが、今年の4月1日に予定されていた消費税10％の施行が延期になったとのことです」

会場からは拍手と歓声もあったが、藤崎の心中は複雑だった。

そんなことが本当にこの業界の根本的な解決策になるのだろうか。8％だろうと、10％だろうと、売れる本は売れるし、売れない本はたとえ税がなくても売れない。ただそれだけのことだ。現況を考えると、こんなことで一喜一憂するのは無理はないとしても、他に何か手立てはないのか。

壇上の社長はさらに話を続けていた。

「もう一つ、日本の出版業界を活性化させるニュースもあります。昨年より噂されていました〈ホール・アース・グループ〉の日本法人〈ホール・アース・ジャパン〉が4月1日の設立と同時に、新刊の刊行を開始されるとのことで、日本の出版界もよりグローバル化を目指し、新しい流れになることを切に希望する次第であります」

門脇も役職柄、その会場にいたが、当初〈ホール・アース・ジャパン〉の設立は、新英社の破綻と同時に行われる筈だったことを知っていた。ホール・アースとしては、とりあえずその前に、日本での会社設立を先に発表しておきたかったのだろう。新英社もまだ完全に倒産したわけではないにしても、予断を許さない財務状況で、4月まで保つかどうかは業界の最大の関心事となっていた。

それと同時に、門脇は昨日、この発表の前に加治木から聞いたことを考えていた。加治木によると、消費税10%の導入は2019年10月1日に見送られたが、この日が、日本の出版業界のトドメの日になるという。

今、既に業界全体の総売上が一兆五〇〇〇億円を切っているが、これが三年後に消費税10%導入になると間違いなく、一兆に近くなるらしい。これは自動車業界と比べるなら、トヨタや日産一社の売上にも遠く及ばない。そうすると、1970年当時の売上に戻ってしまい、出版社、取次、書店の数は今の半分となるシミュレーションの報告がシンクタンクから来たとのことだった。二〜三年後に、この予測が当たるかどうかについては、門脇にもまだ判断することはできなかった。

＊

新春の会が終わった後、門脇を待っていたのはまたも役員からの連絡だった。

至急、東京屋の江田と全販の大堂に会うように段取りを命じられた門脇はすぐセッティングしたが、何故かその場に来る必要がないと言われ、その意図を測りかねていると、

「いや、君には、他にやってもらいたいことがある。あまり時間がないので、すべてを私と行動する必要はない。それより、以前話していた、海外の出版社が日本支社を作るために新英社の版権を買う話があっただろう。それが決定したのか、していなければどのくらいの金額まで出せるかを確認してきてくれ。金額は推定ではなく、いつまでにその金額が用意できるかを正確に、そして早く、確実に、しかも内密にだ。期限は一週間以内、すぐ当たってくれ」

「わかりました。すぐにエージェントの担当と一緒に行ってきます」

＊

次の日、役員は、神楽坂にある出版協会のビルの一室で、取次の人間と会っていた。その場にいたのは東京屋の江田と、全販の大堂だった。

「今日は一体何のお話ですか」

口火を切ったのは江田の方だった。

「お二人にちょっとお話がありまして」

「でも集談社の役員から、私たち取次の者に何か話があるとは思いませんが」

「そんなことはありません。実は今日のお話は、取次の人間としての江田さん、大堂さんではなく、個人としての江田さん、大堂さんへのお話です」

「どういうことですか」

「ズバリ言いますと、話は新英社の経営危機の件です」

「と仰いますと、集談社の方で何か救済策を考えておられるんですか」

「そんな余裕は我が社でもありませんが、長年一緒にこの業界を牽引してきた、同じ五社会のメンバーが欠けてしまうのを黙って見ているわけにはいきません」

「では、どういうお話なのでしょう」

「新英社の版権譲渡の件については、五社会会員全員の意向で、幹事である私の方でそのスポンサーを探すように命じられて、今いろいろと当たっているところです」

「どうですか、感触は」

「なんとか新英社を倒産させないで維持していきたいのですが、仮にスポンサーを見つけて増資したとしても、新英社側は一時凌ぎにしかならないとのことで、社長はその時点でケジメをつける意味もあって、一度退任したいと言っているのです」

「では誰が、その後を継ぐわけですか」

「社長退任となると、社内体制もすべて一新されますから、幹部等も新しく選出することになります。それで、五社会で考えたプランなんですが、社長と副社長を、あなたたち二人にやってもらいたいのです。いかがですか」

予想もしていない役員からの提案は冗談だと思って、二人で顔を見合わせてしまった。

「一体どういうことですか、取次の者が出版社のトップになるなんて話は、聞いたことがありません。いや、それより、私たちは一応取次の人間なので、そんなことは」

「一応、でしょう。私の調査では、あなたたち二人は何か機会があれば他業種に転職しようと思っている。先ほど個人として話があるといったのはそういう意味です。しかし、今回の話は、取次という業種にいた者でなければできないことなんです」

「よくわかりませんが……」

「ちょっとその前に、紹介したい方がいまして、この場に呼んであります」

扉が開いて入ってきたのは、新英社の石原社長だった。

第三十四章

新展開

意外過ぎる展開に二人は、どう言葉を返せばいいのか考えあぐねているようだったが、石原の方から頭を下げた。

「城所さんのお話は聞いてもらえましたか。この発案は私というより、五社会の幹事として、役員、いえ、城所さんが中心に考えたものなんです」

「それについても、私たち二人が新英社さんのトップになるとはどういうことですか。新生〈新英社〉として再出発するにしても、石原社長がそのまま続けておやりになるのがいちばんかと思いますが」

「自分の不徳を恥じるようですが、私がそのまま在任すると、現在検討しているそのスポンサーからの増資が不可能になるそうなんです。まあ、これは私が反対の立場でもそうすると思います」

「しかしそれでは…」

今度は役員が引き取って、

「つまり、今回の提案は新英社一社だけの問題ではないのです。日本の出版業界の将来を左右する、全体の問題と思っていただきたい」

「出版業界的に言うと、どういうことなんですか」

「これから、具体的にお話ししますが、これについては4月1日まで待ってほしいのです。その日に発表することを前提に考えたプランなんです。これが途中で話が漏れると、取り返しのつかないことになる。これは既に石原社長には了解をいただいていることですが、要するに……」

＊

同じ頃、門脇はワールド・エージェンシーの大山と、ホール・アース・グループのムーンライトに会っていた。

「Mr.ムーンライト、先日提案のあった我が社の絶版分の版権譲渡の件ですが、その前にお聞きしたいことがあります。既に具体的になっていると言われた、新英社の版権獲得の具体的な金額は決まったのでしょうか」

「アリガトウ。そうですね、まだ発表前なので、部外秘にしてほしいのですが、日本円で一〇億前後でしょうか。その金額の提示が新英社側から来ています」

大山が口を挟もうとする前に、門脇の方が先に話していた。

「その新英社の契約については、仮に他に検討しているところがある場合は、入札という形になるようですか」

「本当に⁉　ホール・アースより他に、これ以上の金額を出すところが今の日本の出版社にあるとは思えませんが。私のスタッフの調査では、その件については皆無という報告が来ています」

「出版社はそうかもしれませんが、それ以外の業種の可能性もあります」

「これは驚きましたね。他業種というと、どこですか」

「それより入札方式についてはいかがですか」

「私も予想していなかった事態なので、ちょっと本国と相談してみます。そうですね、三日後にまたお会いできますか」

「結構です」

帰り道、大山から門脇は当然ながら問い詰められていた。

「門脇さん、さっきの会話はどういうことですか。あれは出版社の人間の会話じゃないでしょう。このお話は、私がご紹介したものでしょう！　ワールド・エージェンシーが仕切ることです」

「それについてはもう少し待ってくれ。ムーンライト氏も三日後と言っていたじゃないか」

「いや、どうもおかしい。ホール・アース以外で出資するところなんかあるわけないのに、ああいう言い方をするのは、どういう意味ですか。まさか、エージェント抜きでこの話を進めようというんじゃないでしょうね。それならそれで、私にも考えがある」

「違う。逆にエージェントを入れないと、この話はいつまで経っても決まらないんだ」

「だから、どういうことなのかと訊いているんですよ！　知っていることを今ここですべて教えてくださいよ」

「俺もまだ一部しか知らないことなんだ。いずれにしろ、三日後にはすべてがわかると思うから」

そう言って車を拾って振り切るように大山と別れた後、門脇は当然ながら、役員と会う約束の場所に向かっていた。

＊

門脇の報告を聞いた後、役員はしばらく考え込んでいたが、

「なるほど。そういうことか。大体、私の思っていた通りだったな」

「これだけ手伝っているのですから、この辺で今回の件の大体のところを教えてくださいよ」

「まあ、もう少し待ってくれ、もう一人、最後に会わなければならないのがいる」

「誰ですか」

「今聞いた、そのムーンライトだ。三日後に連絡が来たら、他業種のスポンサーがその件で会いたがっていると言って、セッティングしてくれ。私が一人で会ってくる。これでこの話は終わりだ」

「どこが、なぜ、どう終わりなんですか。説明してください」

「すべての準備が整うのは年明けだな。そういうことで、そのムーンライト氏がクリスマスとかで本国に帰る前に絶対捕まえてくれ。よろしく頼む」

「はあ」

そう言いながら、門脇は役員の言うがままになっていたが、この時点になっても役員の真意を読み取ることは遂にできなかった。

*

三日後、門脇の段取り通り、指定されたホテルで役員はムーンライトに会っていた。

「どうもわざわざおいでいただいて恐縮です。カドワキさんの話では、先日お願いしておいたシュウダンシャの絶版になっているタイトルについて、その担当役員から直接お話があるとのことでしたが」

「ええ、今日はそのこともありますが、他のご提案も用意してきました」

「それは、〈ホール・アース・グループ〉にとってグッド・ニュースと思ってよろしいですか」

「考えようによっては、そういう話になるかもしれません」

「どういうことですか？」

「実は今日お会いしたのは、例の新英社の版権譲渡についてです」

「しかし、これはシンエイシャの話で、シュウダンシャとは関係ないことだと思います」

「もちろんそうです。ですが、日本の出版業界全体から考えると、全く関係のない話ではありません」

「よくわかりません。ちょっと説明してもらえますか」

「結論から言いますと、新英社の版権は、私が探してきたスポンサーに譲っていただきたいんです。金額は当初の金額よりも上乗せしてもらっても構いません」

「ナゼ？　シンエイシャの版権譲渡のスポンサーを、どうしてあなたが探している？」

「これから私の申し上げることは、集談社の役員としてではなく、日本の出版業界の代表としての発言として聞いてほしいんです、ムーンライトさん」

「どうも話がよくわかりません。日本人の考え、ややこしいです」

ムーンライトは、まだ役員の言う意図を理解することができなかった。

「そうですね、もう少しわかりやすくお話ししましょう」

第三十五章

顚末

三月末の週末になって、門脇に役員から急に呼び出しが来た。

常務室に行くと電話中だったが、それが終わるのを待ちながら、門脇は今更ながらこの役員の不可思議で不気味な存在について考えていた。

役員の電話は長く、三〇分以上話しこんでいた。

「そうか、わかった。その方向で進めてくれ。それと、真崎先生には今回の件は別の形でちゃんと埋め合わせするからと伝えておいてくれ。頼む、じゃあ」

「ずいぶん長い電話でしたね」

「加治木からだ」

「真崎先生というのは、例の」

「まあ、そういうことだ。それで、来てもらったのは他でもない、今回の件についてだが、大体思っていたようにまとまりそうなので、君に一部始終を話しておこうと思う。私にはもうそんなに時間がないからな」

それから、役員から説明された経緯は、門脇の推測をはるかに凌駕する、とてつもない深謀遠慮とも言えるものだったが、役員の口調は理路整然そのものだった。

「今回の件は、とどのつまり、日本の出版業界全体の話だ。自分もこの業界で半世紀近く生きてきて、それなりの考えを持ってやってきたつもりだったが、もう時代も変わり、この辺で引退と思っていた。それが」

「それが、何ですか」

「例の新英社の業績不振による版権の身売りの話だ」

「でも、我が社のことでなかったのが何よりです」

「本当にそう思うのか。たまたま新英社だっただけの話だ。我が社だった可能性もあったわけで、たまたまそうでなかっただけの話だ。決して他人事じゃない」

「しかし、自分の会社のことで今はどこも精一杯ですからね」

「ほう、君がそんなに会社のことを思っていたとは知らなかった」

「いや、その、当然ですよ」

「まあ、それはいい。私は新英社の件で、五社会のこともあるが、これを外資が獲得しようとしていることを知ったとき、ちょっと考えを変えたんだ。社長からの巧妙なリストラの話もあったかもしれない」

「巧妙なリストラって、どういうことですか」

　その一部始終を役員から知らされた門脇は茫然とするばかりだった。

「社長の提案は一応は考えてみたが、このままだと、集談社の社長の意向がこの業界を左右することになってしまうという危惧もあり、その通りにするわけにもいかない。それに、その前に五社会にも一応話を通す必要がある。そう考えているうちに、そのリストラ策と外資の件が同時に来た。そこで、新英社を先代の二代目のときから知っていることもあって、少し周囲を調べ始めたんだ。例の加治木に頼んでだ。これは加治木を使うしかない。何しろ外資まで絡んでいるからな。ついでに、銀行と取次にも根回しをして、今回の話を秘密裏に進めていたんだ。その時点で、東京屋の江田を使って、取次、書店、出版社の業界での反応を探るために、業界紙も含めて周辺に少し情報を流してみた。まあ、アドバルーンだな。その効果もあり、業界のいろいろなことがわかってきた。

今回、新英社の版権を買い取る予定の他業種というのは、実は五社会が裏のスポンサーで、昨年急遽設立した電子書籍ソフトの配信会社だ。確かに他業種と言えるかもしれないが、別にこれは何の意図もなしに、新英社の危機回避のためだけに設立したわけじゃない。

出版から電子配信への移行に対応するための準備と、五社会の将来に対してのとりあえずの布石、それともう一つは、要するに日本の出版ソフトの海外流出を防ぐためだ。この時点でその歯止めをしておかないと、なし崩し的に外資に日本の出版ソフトが乗っ取られてしまう。幸い古典から現代小説、漫画までその他の70％近くは、この五社で管理できているこどもあって、これが最後の砦になっていたから、その一角を新英社の件で崩すわけにはいかない。

この会社設立の資金は五社会でも、存命も含めて二代目にあたる社長たちが以前残しておいた内部留保がそれなりにあって、それを使用することにした。だから、三代目に当たる他の会社の今の社長たちは、新英社の社長を除いて、おそらくこのことはまだ知らないだろう。新英社の社長には、本人もその意向だったが、私からも話して一度退任してもらうことにした。少し時間をおいて、復帰してもらおうというわけだ。そのために、それまでの期間を、そうだな、三年くらいを相応しい場所で過ごしてもらわなければならない。ということで、〈ホール・アース・ジャパン〉の初代社長は、新英社の社長に務めてもらうことにした」

「しかし、よくホール・アースがそんなことを承知しましたね」

「相手は外資だから、そういったことはビジネス理論でどうにでもなる。それと、調べさせた加治木からの報告では、最終的にホール・アースが狙っているのは、新英社の版権ではなく、それは表向きで、将来的には日本の漫画とアニメの版権をすべて手に入れることだったようだ。そんな裏があるんだったら、違う意味でもこの新英社の版権譲渡および買収は絶対阻止しなければならない。漫画とアニメを奪われたら、日本の出版と映像ソフトはいろいろな意味で、その瞬間に終わりだからな。

一応、ホール・アースが新英社の版権を最終的には独占できる契約になっているが、その一部を使用できることを外部に証明するためにも、最初は新英社の社長を初代日本支社長にしておいた方がいいと進言しておいた。というか、加治木の方からの圧力で、日本法人設立について、その登記に難題を作っておいて、それを盾に納得させたんだ。この提案を拒否したら、日本での登記は永遠にできないと。というのは、ちょうど、加治木が以前当選に尽力した民生党の議員の一人が、文部科学省の文化庁の担当になっていて、さらに例の真崎のコネもあったから、もう完璧だった。これを条件に日本での登記が認可されることになり、ムーンライトにも一応副社長の地位を用意するが、この人物には、何かの不祥事で三年後には本国にめでたく帰還してもらう予定だ。

新生〈新英社〉の新しい経営陣をどうするかについては、五社会から幹事の私に依頼があった。今の集談社の社長の言う通りにしていると、一つのジャンルだけに特化した、いびつな出版社だらけになってしまう。漫画に特化したいのはわかるが、それは大手出版社が率先してするべきことではない。別に、出版の良心を守れとかカビ臭いことを言うつもりもないが、大手が最後まで維持すべきなのは、総合出版社の位置と存在だと私は思っている。これを最後に引退したい私としては、最後にこの道筋をつけて終わりにしようと前から考えていた。結果的に井上社長の意向に完全に背いてしまったわけだから、どのみち今の会社に私の居場所はなくなっていたからな」

「そんなことはないでしょう」

「いや、これだけ、全人生を賭けて会社に尽力しても、最後はそんなものだ。

それで、次に考えたのが、取次の人間を今まで以上に出版社側に引き入れることだ。今までも、取次から出版社への転職はあったが、取次でそれなりの地位にいる者を出版社側の経営のトップに充てるという発想はなかった。これについても、私は別のことを考えていた。もうこれからは、出版社、取次、書店が三者三様の考えで独自にビジネスを考える時代じゃない。この業界自体が、このうちの一つが欠けても成立しない図式になっているのならば、どこかに綻びができたときは他の業種が補助するのをもっと徹底するべきだと。そうしないと、このまま業界全体が先細っていくだけじゃないか。大体、取次の人間が出版社のトップになるというのはどういう意味だと思う？」

「出版社が取次的になるということですか」

「というより、適正配本、適正初版部数、適正定価をすべて取次の発想で考えることで、一定の利益率を付加して、とにかく返品率をどれだけ下げることができるかを最優先にするわけだ。つまり、よほどの新刊でない限り、部数は最初から最低限でスタートする。そして、デイリーの売れ行きデータで増刷したものが一週間以内に届くシステムを作り上げることだ。また、ある程度の売れ行きが期待されている本については最初から買取り扱いにする。当然、書店の取り分というか利益は従来よりもかなり引き上げる。この買い取り商品の扱い点数を増やしていって、委託商品とのシェアを半々にするのがとりあえずの目標だ。理想論なのはわかっている。だが、今回の件を契機に、出版社が取次的な機能を持ち、取次も出版社と一部の業務を共有しておく。今、取次が書店を経営するのも別に珍しい話じゃない。出版社側も、大手は特に、これからは書店経営に本格的に率先して乗り出すべきだ。作る方ばかり増えて、売る側の場所と人員が相変わらず不足しているんじゃ話にならない。この点を前提に始めないと、いかに元大手出版社の新英社でも、新生の出版社となると、再建はそう簡単じゃない。これくらいの荒療治をしないと、また元の赤字体質に戻ってしまう。言うまでもなく、新英社は当然、新スタートに当たってリストラをすることになるが、その人員はとりあえず五社会の残りの四社で引き受けることにした」

「なるほど」

「それと、君と加治木に頼んで進めてもらっていた100万部プロジェクトだが、この件にしても、井上社長が真崎の入れ知恵で業界周辺に情報を流して、もう少しで潰されるところだった。途中で、このプロジェクトはそのリストラ用の新会社にはもう必要ないと思ったんだろうな。それもあって、これは新生〈新英社〉の新刊第一弾として刊行することにした。最初の花火は大きいほどいいからな。頑張ってもらった君には不満だろうが、申し訳ないが今回は譲ってくれ。その代わり、このプロジェクトはまだ続くから、第二弾は集談社からの刊行で、もちろん君の実績になる。大体こんなところだが、最後に言っておくことがある。

以前君に、加治木を通じて真崎の動向を探ってもらっていたが、今回の件で加治木の力を借りることになって、結果的に真崎に借りを作ってしまった。これについては、五社会の内部留保を使って献金して筋を通しておいたが、これですべて使い果たしてしまった。

私が辞めてしまうこともあるので、以後はこうした庇護は一切なくなる。これからは君たちの世代でなんとかするんだ」

「……そんな」

「いつまでもそんなことでどうする。いつかは自分でやらなければならないときが来る。そのくらいわかるだろう」

「それはそうですが」

「ついでに、今まで言っておかなかったことをここで話しておこう。君を１９８８年の新卒採用で入社させたのは、実は私だ。面接のときの最終候補の一〇人のうちの一人が君だった」

「えっ？」

「こう言うと君は気を悪くするかもしれないが、そのときの一〇人は平均的なタイプばかりで、既に、娯楽雑誌と漫画の時代に入っていたから、あまり生真面目ではないのを探していたら最後に残ったのが君だった。だが、私は集談社は総合出版社だから、とりたてて何かに秀でているわけでもなく、個性的でないタイプでないと一般的な人が読む本を作れないと考えた。何かに取り憑かれているようなタイプがいちばん出版社には、特にこの会社には向かないわけだ。そうすると、君はそうではない」

褒められているのか馬鹿にされているのかわからなかったが、その理由で採用されたの

なら、確かに自分は何かにこだわりがあるタイプではない。門脇がそんな自己分析をしていると、

「逆にそういう無個性なタイプが、大手出版社にとっては、いつの時代になってもいちばん貴重なんだ。だから、君がそのうち井上社長のいい相談相手になると思って、私は今回の一件を君に担当させたんだ」

「そうでしたか」

そこまで考えていたとは。しかし、自分に役員の代わりが務まるだろうか。

しばらく門脇は少し違うことを考えていたが、話を戻すように、役員に尋ねた。

「それで、結局、新英社の版権の譲渡金額はいくらで決まったんですか」

「当然、最初の提示金額の一〇億で落ち着いたよ。あまり低くすると、新生〈新英社〉の原資が少なくなるし、あまり高くするとホール・アース側に、採算に関してこちらが考えた三年先の意図を悟られてしまうので、この金額にしておいた。

それと、この新生新英社の営業体制だが、これもこの機会に新しくしたいので、江田と大堂に相談すると、営業部長として、有限書房の藤崎というのを推薦されたんだが、君は面識があるかな」

「ええ、藤崎さんならよく知っています。適任だと思います」

「そうか、じゃあ、早速連絡を取ってくれ。早い方がいいと思う。後は、新英社のアンテ

ナショップの営業統括の候補だが、これはチェーン展開の見通しができてからにしよう」

「わかりました」

門脇がすぐ藤崎に連絡すると、携帯は留守番電話に転送された。会社に問い合わせると今日は直帰で、明日は通常出勤するとのことだった。仕方ない、明日どこかで捕まえるか。

そういえば明日は4月1日だ。

＊

その少し前、藤崎は会社で先日依頼された合併策を田中社長に提出した後、考えもしなかった提案を社長から突きつけられていた。

「届けてくれた懸案の合併シミュレーションは先ほど目を通しておいた。どうもご苦労だった。それで、この件に関して君にも一つ提案があるんだが」

「何でしょうか」

「要するにだ、三つの出版社が合併するわけだから、営業部も当然ながら、一つに統合した方がいいと思うんだ」

「そうでしょうね。私もそう思います」

「それで、他の二社の社長と話し合った結果、新しい営業部長は、とりあえずは紀之川社の今の営業部長にお願いしようということになった。後の二人は持ち回りということで、次の順番を待ってもらうとして、それまで、二人には倉庫管理部門で頑張ってもらおうということになったんだが、どうだろうか」

「……しかし、それは」

「いや、もう一人の法律経済社の営業部長は、喜んで倉庫管理部門に行くと言っているそうだ。そうすると、君の行く部署が今の時点ではちょっと思い浮かばないのだが、少し時間をもらえるだろうか」

その言葉で、藤崎は自分もそのリストラ候補の一人だったことにやっと気づいた。

あまりにも予想外だったことはもちろん、この一ヵ月の合併の試算に使った時間は一体何だったのか。自分のリストラ案を自分で作っていたとは。今更ながら自分の身の回りの不注意を思い知らされた。

何も知らなかったのは結局、自分だけだったのか。四半世紀以上勤めた会社の、最後の対応がこれだったとは。藤崎は目の前で一見、何かを考えているような田中社長の顔を直視していたが、そのうち何も言わずに社長室を退出していった。

エピローグ

再生

2017年4月1日、本来なら消費税10%が実施される筈だったその日、すべてを決意した藤崎は辞表を持ち、会社には直行ということにして、あてどもなく街を歩いていた。すると、何故かいつの間にか、都内の下村社長の店の前に来ていた。レジから顔なじみの店長が声を掛けてきた。

「社長ですか。奥にいますよ」

何度通ったかわからない奥の仕入れに行くと、下村社長のいつもの顔があった。

「どうしたんだ、久しぶりじゃないか」

しばらくして、藤崎は話すともなく、ここ二〜三ヵ月、自分の身の回りで起こったことを話し始めていた。

「そうか。そんなことがあったのか。入ってきたときから変だったから、何かあると思ったよ。でも、君の仕事は本を売ることだろう。だったら、会社が変わっても、またその仕事を続けていけばいいじゃないか。まあ、なんとかなるさ。これまでも何度もそんなことを乗り越えてきたんだし。本屋ができることは、本を仕入れて売ることだけだからな。それを繰り返していれば、なんとかなるもんだよ。人間万事塞翁が馬さ」

藤崎にとって社長の言葉は、今日に限っては遠いものとしか聞こえなかった。

今までどれだけ、この社長に出版、書店、本のことを教えてもらったことだろう。だが、もう時代が変わり過ぎているのか、それを社長に言っても始まらない。そんなことを考えていると、携帯が鳴った。部下の高橋からだった。

「部長ですか？　今どこですか。先ほど門脇さんから連絡があって、新英社、なんとか不渡りを免れたようですよ。回避できたのは、東京屋と全販が新しく増資先を探してきて経営陣の中に入ることになったからで、それで話がまとまったそうです。新英社の今の社長は退任して、何でも、新しくできる海外の出版社の日本支社長になるそうですが、その新生新英社の新しい社長、誰だと思います？　東京屋の江田書籍仕入部長で、副社長は全販の大堂特販部長、そして、会長は集談社の役員だった城所常務ですよ！　そのことで門脇さんが、部長に至急連絡を取りたいとのことでした。今すぐ連絡してみてください。それ以外にもいろいろと打ち合わせがあるんですが、帰社時間はいつ頃になりますか」

　携帯を切った後も、藤崎はしばらく何も言えなかった。そんな藤崎を見ながら、社長がいつもの笑顔で話しかけてきた。

「今日の用事は何？　また新刊の案内だろう。じゃ、またお茶でも飲みながら話をしようか。時間はあるんだろう」

「ええ、もちろん」

　そう言いながら、藤崎は社長の後をついて歩き出した。ポケットの中の辞表は何度も折り曲げたせいか、ほとんど千切れそうになっていた。

終

本書は書き下ろしです。四〇〇字詰原稿用紙三九八枚。

藤脇邦夫（ふじわきくにお）
1955年広島県生まれ。大学卒業後、専門学校、業界誌を経て、1982年出版社に入社。2015年に定年退職。著書に『仮面の道化師』（弓立社）、『出版幻想論』『出版現実論』（ともに太田出版）、『出版アナザーサイド』（本の雑誌社）、『定年後の韓国ドラマ』（幻冬舎新書）がある。

断裁処分

2017年4月21日　初版第一刷発行

著者　藤脇邦夫

カバーデザイン　片岡忠彦
本文デザイン　谷敦（アーティザンカンパニー）
校正　鷗来堂
カバー写真　Bartolome Ozonas/gettyimages

編集　小宮亜里　黒澤麻子

発行者　田中幹男
発行所　株式会社ブックマン社
〒101-0065　千代田区西神田 3-3-5
TEL 03-3237-7777　FAX 03-5226-9599
http://bookman.co.jp

印刷・製本　図書印刷株式会社

ISBN 978-4-89308-879-6